Noite na taverna

†

Álvares de Azevedo

CARAMBAIA

Noite na taverna
†
Álvares de Azevedo

Sob pseudônimo de
Job Stern

Posfácio
Ana Rüsche

Sumário

❦

I. Uma noite do século 9

II. Solfieri 19

III. Bertram 31

IV. Gennaro 63

V. Claudius Hermann 83

VI. Johann 121

VII. Último beijo de amor 135

❧

Posfácio 145

How now, Horatio? you tremble, and look pale.
Is not this something more than fantasy?
What think you on't?

Hamlet, Ato 1

I

Uma noite do século

Bebamos! Nem um canto de saudade!
Morrem na embriaguez da vida as dores!
Que importam sonhos, ilusões desfeitas?
Fenecem como as flores!

José Bonifácio

— Silêncio! moços! acabai com essas cantilenas horríveis! Não vedes que as mulheres dormem ébrias, macilentas como defuntos? Não sentis que o sono da embriaguez pesa negro naquelas pálpebras onde a beleza sigilou os olhares da volúpia?

— Cala-te, Johann! enquanto as mulheres dormem e Arnold-o-loiro cambaleia e adormece murmurando as canções de orgia de Tieck, que música mais bela que o alarido da saturnal? Quando as nuvens correm negras no céu como um bando de corvos errantes, e a lua desmaia como a luz de uma lâmpada sobre a alvura de uma beleza que dorme, que melhor noite que a passada ao reflexo das taças?

— És um louco, Bertram! não é a lua que lá vai macilenta: é o relâmpago que passa e ri de escárnio às agonias do povo que morre, aos soluços que seguem as mortalhas do cólera!

— O cólera! e que importa? Não há por ora vida bastante nas veias do homem? não borbulha a febre ainda às ondas do vinho? não reluz em todo o seu fogo a lâmpada da vida na lanterna do crânio?

— Vinho! vinho! Não vês que as taças estão vazias e bebemos o vácuo, como um sonâmbulo?

— É o Fichtismo na embriaguez! Espiritualista, bebe a imaterialidade da embriaguez!

— Oh! vazio! meu copo está vazio! Olá taverneira, não vês que as garrafas estão esgotadas? Não sabes, desgraçada, que os lábios da garrafa são como os da mulher: só valem beijos enquanto o fogo do vinho ou o fogo do amor os borrifa de lava?

— O vinho acabou-se nos copos, Bertram, mas o fumo ondula ainda nos cachimbos! Após os vapores do vinho os vapores da fumaça! Senhores, em nome de todas as nossas reminiscências, de todos os nossos sonhos que mentiram, de todas as nossas esperanças que desbotaram, uma última saúde! A taverneira aí nos trouxe mais vinho: uma saúde! O fumo é a imagem do idealismo, é o transunto de tudo quanto há mais vaporoso naquele espiritualismo que nos fala da imortalidade da alma! e pois, ao fumo das Antilhas, à imortalidade da alma!

– Bravo! bravo!

Um *urrah!* tríplice respondeu ao moço meio ébrio.

Um conviva se ergueu entre a vozeria: contrastavam-lhe com as faces de moço as rugas da fronte e a roxidão dos lábios convulsos. Por entre os cabelos prateava-se-lhe o reflexo das luzes do festim. Falou:

– Calai-vos, malditos! a imortalidade da alma? pobres doidos! e porque a alma é bela, porque não concebeis que esse ideal possa tornar-se em lodo e podridão, como as faces belas da virgem morta, não podeis crer que ele morra? Doidos! nunca velada levastes porventura uma noite à cabeceira de um cadáver? E então não duvidaste que ele não era morto, que aquele peito e aquela fronte iam palpitar de novo, aquelas pálpebras iam abrir-se, que era apenas o ópio do sono que emudecia aquele homem? Imortalidade da alma! e por que também não sonhar a das flores, a das brisas, a dos perfumes? Oh! não mil vezes! a alma não é, como a lua, sempre moça, nua e bela em sua virgindade eterna! a vida não é mais que a reunião ao acaso das moléculas atraídas: o que era um corpo de mulher vai porventura transformar-se num cipreste ou uma nuvem de miasmas; o que era um corpo do verme vai alvejar-se no cálice da flor ou na fronte da criança mais loira e bela. Como Schiller o disse, o átomo da inteligência de Platão foi talvez para o coração de um ser impuro. Por isso eu vo-lo direi: se entendeis a imortalidade pela metempsicose, bem! talvez eu creia um pouco: – pelo Platonismo, não!

– Solfieri! és um insensato! o materialismo é árido como o deserto, é escuro como um túmulo! A nós, frontes queimadas pelo mormaço do sol da vida, a nós, sobre cuja cabeça a velhice regelou os cabelos, essas crenças frias! A nós os sonhos do espiritualismo!

– Archibald! deveras, que é um sonho tudo isso! No outro tempo o sonho da minha cabeceira era o espírito puro ajoelhado no seu manto argênteo, num oceano de aromas e luzes! Ilusões! a realidade é a febre do libertino, a taça na mão, a lascívia nos lábios e a mulher seminua, trêmula e palpitante sobre os joelhos.

– Blasfêmia – e não crês em mais nada: teu ceticismo derribou todas as estátuas do teu templo, mesmo a de Deus?

– Deus! crer em Deus! sim como o grito íntimo o revela nas horas frias do medo – nas horas em que se tirita de susto e que a morte parece roçar úmida por nós! Na jangada do náufrago, no cadafalso, no deserto – sempre banhado do suor frio – do terror é que vem a crença em Deus! – Crer nele como a utopia do bem absoluto, o sol da luz e do amor, muito bem! Mas se entendeis por ele os ídolos que os homens ergueram banhados de sangue, e o fanatismo beija em sua inanimação de mármore de há cinco mil anos! não creio nele!

– E os livros santos?

– Miséria! quando me vierdes falar em poesia eu vos direi: aí há folhas inspiradas pela natureza ardente daquela terra como nem Homero as sonhou – como a humanidade inteira ajoelhada sobre os túmulos do passado mais nunca lembrará! Mas quando me falarem em verdades religiosas, em visões santas, nos desvarios daquele povo estúpido – eu vos direi – miséria! miséria! três vezes miséria! Tudo aquilo é falso – mentiram como as miragens do deserto!

– Estás ébrio, Johann! O ateísmo é a insânia como o idealismo místico de Schelling, o panteísmo de Spinoza o judeu, e o esoterismo crente de Malebranche nos seus sonhos da visão em Deus. A verdadeira filosofia é o epicurismo. Hume bem o disse: o fim do homem é o prazer. Daí vede que é o elemento sensível quem domina. E pois ergamo-nos, nós que amarelecemos nas noites desbotadas de estudo insano, e vimos que a ciência é falsa e esquiva, que ela mente e embriaga como um beijo de mulher.

– Bem! muito bem! é um *toast* de respeito!

– Quero que todos se levantem, e com a cabeça descoberta digam-no: Ao Deus Pan da natureza, aquele que a Antiguidade chamou Baco o filho das coxas de um Deus e do amor de uma mulher, e que nós chamamos melhor pelo seu nome – o vinho.

– Ao vinho! ao vinho!

Os copos caíram vazios na mesa.

– Agora ouvi-me, senhores! entre uma saúde e uma baforada de fumaça, quando as cabeças queimam e os cotovelos se estendem na toalha molhada de vinho, como os braços do carniceiro no cepo gotejante, o que nos cabe é uma história sanguinolenta, um daqueles contos fantásticos – como Hoffmann os delirava ao clarão dourado do Johannisberg!

– Uma história medonha, não, Archibald? falou um moço pálido que a esse reclamo erguera a cabeça amarelenta. Pois bem, dir-vos-ei uma história. Mas quanto a essa, podeis tremer a gosto, podeis suar a frio da fronte grossas bagas de terror. Não é um conto, é uma lembrança do passado.

– Solfieri! Solfieri! aí vens com teus sonhos!

– Conta!

Solfieri falou: os mais fizeram silêncio.

II

Solfieri

> ... Yet one kiss on your pale clay
> And those lips once so warm – my heart! my heart!
>
> **Byron, Cain**

Sabeis-lo. Roma é a cidade do fanatismo e da perdição: na alcova do sacerdote dorme a gosto a amásia, no leito da vendida se pendura o Crucifixo lívido. É um requintar de gozo blasfemo que mescla o sacrilégio à convulsão do amor, o beijo lascivo à embriaguez da crença!

Era em Roma. Uma noite a lua ia bela como vai ela no verão por aquele céu morno, o fresco das águas se exalava como um suspiro do leito do Tibre. A noite ia bela. – Eu passeava a sós pela ponte de… As luzes se apagaram uma por uma nos palácios, as ruas se faziam ermas, e a lua de sonolenta se escondia no leito de nuvens. Uma sombra de mulher apareceu numa janela solitária e escura. Era uma forma branca. – A face daquela mulher era como de uma estátua pálida à lua. Pelas faces dela, como gotas de uma taça caída, rolavam fios de lágrimas.

Eu me encostei à aresta de um palácio. – A visão desapareceu no escuro da janela e daí um canto se derramava. Não era só uma voz melodiosa: havia naquele cantar um como choro de frenesi, um como gemer de insânia: aquela voz era sombria como a do vento à noite nos cemitérios cantando a nênia das flores murchas da morte.

Depois o canto calou-se. A mulher apareceu na porta. Parecia espreitar se havia alguém nas ruas.

Não viu a ninguém – saiu. Eu segui-a.

A noite ia cada vez mais alta: a lua sumira-se no céu, e a chuva caía às gotas pesadas: apenas eu sentia nas faces caírem-me grossas lágrimas de água, como sobre um túmulo prantos de órfão.

Andamos longo tempo pelo labirinto das ruas: enfim ela parou: estávamos num campo.

Aqui, ali, além eram cruzes que se erguiam de entre o ervaçal. Ela ajoelhou-se. Parecia soluçar: em torno dela passavam as aves da noite.

Não sei se adormeci: sei apenas que quando amanheceu achei-me a sós no cemitério. Contudo a criatura pálida não fora uma ilusão – as urzes, as cicutas do campo-santo estavam quebradas junto a uma cruz.

O frio da noite, aquele sono dormido à chuva, causaram-me uma febre. No meu delírio passava e repassava aquela brancura de mulher, gemiam aqueles soluços, e todo aquele devaneio se perdia num canto suavíssimo...

Um ano depois voltei a Roma. Nos beijos das mulheres nada me saciava: no sono da saciedade me vinha aquela visão...

Uma noite, e após uma orgia, eu deixara dormida no leito dela a condessa Barbora. Dei um último olhar àquela forma nua e adormecida com a febre nas faces e a lascívia nos lábios úmidos, gemendo ainda nos sonhos como na agonia voluptuosa do amor. – Saí. – Não sei se a noite era límpida ou negra – sei apenas que a cabeça me escaldava de embriaguez. As taças tinham ficado vazias na mesa: nos lábios daquela criatura eu bebera até a última gota o vinho do deleite...

Quando dei acordo de mim estava num lugar escuro: as estrelas passavam seus raios brancos entre as vidraças de um templo. As luzes de quatro círios batiam num caixão entreaberto.

Abri-o: era o de uma moça. Aquele branco da mortalha, as grinaldas da morte na fronte dela, naquela tez lívida e embaçada, o vidrento dos olhos mal apertados... Era uma defunta – e aqueles traços todos me lembraram uma ideia perdida... – Era o anjo do cemitério? Cerrei as portas da igreja, que, ignoro por quê, eu achara abertas. Tomei o cadáver nos meus braços para fora do caixão. Pesava como chumbo.

Sabeis a história de Maria Stuart degolada e o algoz, "do cadáver sem cabeça e o homem sem coração" como a conta Brantôme? – Foi uma ideia singular a que eu tive. Tomei-a no colo. Preguei-lhe mil beijos nos lábios. Ela era bela assim: rasguei-lhe o sudário, despi-lhe o véu e a capela como o noivo as despe à noiva. Era uma forma puríssima. Meus sonhos nunca me tinham evocado uma estátua tão perfeita. Era mesmo uma estátua: tão branca era ela. A luz dos tocheiros dava-lhe aquela palidez de âmbar que lustra os mármores antigos. O gozo foi fervoroso – cevei em perdição aquela vigília. A madrugada passava já frouxa nas janelas. Àquele calor de meu peito, à febre de meus lábios, à convulsão de meu amor, a donzela pálida parecia reanimar-se. Súbito abriu os olhos empanados. – Luz sombria alumiou-os como a de uma estrela entre névoa – apertou-me em seus braços, um suspiro ondeou-lhe nos beiços azulados... Não era já a morte – era um desmaio. No aperto daquele abraço havia contudo alguma coisa de horrível. O leito de lájea onde eu passara uma hora de embriaguez me resfriava. Pude a custo soltar-me daquele aperto do peito dela... Nesse instante ela acordou...

Nunca ouvistes falar da catalepsia? É um pesadelo horrível aquele que gira ao acordado que emparedam num sepulcro; sonho gelado em que se sentem os membros tolhidos, e as faces banhadas de lágrimas alheias sem poder revelar a vida!

A moça revivia a pouco e pouco. Ao acordar desmaiara. Embucei-me na capa e tomei-a nos braços coberta com seu sudário como uma criança. Ao aproximar-me da porta topei num corpo:

abaixei-me – olhei: era algum coveiro do cemitério da igreja que aí dormira de ébrio, esquecido de fechar a porta...

Saí. – Ao passar a praça encontrei uma patrulha.

– Que levas aí?

A noite era muito alta – talvez me cressem um ladrão.

– É minha mulher que vai desmaiada...

– Uma mulher!... Mas essa roupa branca e longa? Serás acaso roubador de cadáveres?

Um guarda aproximou-se. Tocou-lhe a fronte – era fria.

– É uma defunta...

Cheguei meus lábios aos dela. Senti um bafejo morno. – Era a vida ainda.

– Vede, disse eu.

O guarda chegou-lhe os lábios: os beiços ásperos roçaram pelos da moça. Se eu sentisse o estalar de um beijo... o punhal já estava nu em minhas mãos frias...

– Boa noite, moço: podes seguir, disse ele.

Caminhei. – Estava cansado. Custava a carregar o meu fardo: e eu sentia que a moça ia despertar.

Temeroso de que ouvissem-na gritar e acudissem-me, corri com mais esforço...

Quando eu passei a porta ela acordou. O primeiro som que lhe saiu da boca foi um grito de medo...

Mal eu fechara a porta, bateram nela. Era um bando de libertinos meus companheiros que voltavam da orgia. Reclamaram que abrisse.

Fechei a moça no meu quarto – e abri.

Meia hora depois eu os deixava na sala bebendo ainda.

A turvação da embriaguez fez que não notassem minha ausência.

Quando entrei no quarto da moça vi-a erguida. Ria de um rir convulso como a insânia, e frio como a folha de uma espada. Trespassava de dor o ouvi-la.

Dois dias e duas noites levou ela de febre assim... Não houve sanar-lhe aquele delírio, nem o rir do frenesi. Morreu depois de duas noites e dois dias de delírio.

À noite saí – fui ter com um estatuário que trabalhava perfeitamente em cera – e paguei-lhe uma estátua dessa virgem.

Quando o escultor saiu, levantei os tijolos de mármore do meu quarto, e com as mãos cavei aí um túmulo. – Tomei-a então pela última vez nos braços, apertei-a a meu peito muda e fria, beijei-a e cobri-a adormecida do sono eterno com o lençol de seu leito. – Fechei-a no seu túmulo e estendi meu leito sobre ele.

Um ano – noite a noite – dormi sobre as lajes que a cobriam... Um dia o estatuário me trouxe a sua obra. – Paguei-lha e paguei o segredo...

Não te lembras, Bertram, de uma forma branca de mulher que entreviste pelo véu do meu cortinado? Não te lembras que eu te respondi que era uma virgem que dormia?

– E quem era essa mulher, Solfieri?
– Quem era? seu nome?
– Quem se importa com uma palavra quando

sente que o vinho lhe queima assaz os lábios? quem pergunta o nome da prostituta com quem dormia e que sentiu morrer a seus beijos, quando nem há dele mister por escrever-lho na lousa?

Solfieri encheu uma taça – Bebeu-a. – Ia erguer-se da mesa quando um dos convivas tomou-o pelo braço.

– Solfieri, não é um conto isso tudo?
– Pelo inferno que não! por meu pai que era conde e bandido, por minha mãe que era a bela Messalina das ruas – pela perdição que não! Desde que eu próprio calquei aquela mulher com meus pés na sua cova de terra – eu vo-lo juro – guardei-lhe como amuleto a capela de defunta. – Ei-la.

Abriu a camisa, e viram-lhe ao pescoço uma grinalda de flores mirradas.

– Vedes-la? murcha e seca como o crânio dela!

III

Bertram

*But why should I for others groan,
When none will sigh for me?*

Childe Harold, 1

Um outro conviva se levantou.

Era uma cabeça ruiva, uma tez branca, uma daquelas criaturas fleumáticas que não hesitarão ao tropeçar num cadáver para ter mão de um fim.

Esvaziou o copo cheio de vinho, e com a barba nas mãos alvas, com os olhos de verde--mar fixos, falou:

– Sabeis, uma mulher levou-me à perdição. Foi ela quem me queimou a fronte nas orgias, e desbotou-me os lábios no ardor dos vinhos e na moleza de seus beijos: quem me fez devassar pálido as longas noites de insônia nas mesas do jogo, e na doidice dos abraços convulsos com que ela me apertava o seio! Foi ela, vós o sabeis, quem fez-me num dia ter três duelos com meus três melhores amigos, abrir três túmulos àqueles que mais me amavam na vida – e depois, depois sentir-me só e abandonado no mundo, como a infanticida que matou o seu filho, ou aquele Mouro infeliz junto a sua Desdêmona pálida!

Pois bem, vou contar-vos uma história que começa pela lembrança desta mulher.

Havia em Cádiz uma donzela – linda daquele moreno das Andaluzas que não há vê-las sob as franjas da mantilha acetinada, com as plantas mimosas, as mãos de alabastro, os olhos que brilham e os lábios de rosa d'Alexandria – sem delirar sonhos delas por longas noites ardentes!

Andaluzas! sois muito belas! se o vinho, se as noites de vossa terra, o luar de vossas noites, vossas flores, vossos perfumes são doces, são puros, são embriagadores – vós ainda o sois mais! Oh! por esse eivar a eito de gozos de uma existência fogosa nunca pude esquecer-vos!

Senhores! aí temos vinho d'Espanha, enchei os copos – à saúde das Espanholas!...

· ·

Amei muito essa moça, chamava-se Ângela. Quando eu estava decidido a casar-me com ela – quando após das longas noites perdidas ao relento a espreitar-lhe da sombra um aceno, um adeus, uma flor – quando após tanto desejo e tanta esperança eu sorvi-lhe o primeiro beijo – tive de partir da Espanha para Dinamarca onde me chamava meu pai.

Foi uma noite de soluços e lágrimas, de choros e de esperanças, de beijos e promessas, de amor, de voluptuosidade no presente e de sonhos no futuro... Parti. Dois anos depois foi que voltei: quando entrei na casa de meu pai, ele estava moribundo: ajoelhou-se no seu leito e agradeceu a Deus ainda ver-me: pôs as mãos na minha cabeça, banhou-me a fronte de lágrimas – eram as últimas –, depois deixou-se cair, pôs as mãos no peito, e com os olhos em mim murmurou – Deus!

A voz sufocou-se-lhe na garganta: todos choravam.

Eu também chorava – mas era de saudades de Ângela...

Logo que pude reduzir minha fortuna a dinheiro pus-la no banco de Hamburgo, e parti para a Espanha.

Quando voltei, Ângela estava casada e tinha um filho...

Contudo meu amor não morreu! Nem o dela!

Muito ardentes foram aquelas horas de amor e de lágrimas, de saudades e beijos, de sonhos e maldições para nos esquecermos um do outro.

....

Uma noite, dois vultos alvejavam nas sombras de um jardim, as folhas tremiam ao ondear de um vestido, as brisas soluçavam aos soluços de dois amantes, e o perfume das violetas que eles pisavam, das rosas e madressilvas que abriam em torno deles era ainda mais doce perdido no perfume dos cabelos soltos de uma mulher...

Essa noite – foi uma loucura! foram poucas horas de sonhos de fogo! e quão breve passaram! Depois a essa noite seguiu-se outra, outra... e muitas noites as folhas sussurraram ao roçar de um passo misterioso, e o vento se embriagou de deleite nas nossas frontes pálidas...

Mas um dia o marido soube tudo: quis representar de Otelo com ela. Doido...

Era alta noite: eu esperava ver passar nas cortinas brancas a sombra do anjo. Quando passei, uma voz chamou-me. Entrei – Ângela com os pés nus, o vestido solto, o cabelo desgrenhado e os olhos ardentes tomou-me pela mão... Senti-lhe a mão úmida... Era escura a escada que subimos: passei a minha mão molhada pela dela por meus lábios. – Tinha saibo de sangue.

– Sangue, Ângela! De quem é esse sangue?

A Espanhola sacudiu seus longos cabelos negros e riu-se.

Entramos numa sala. Ela foi buscar uma luz, e deixou-me no escuro.

Procurei, tateando, um lugar para assentar-me: toquei numa mesa. Mas ao passar-lhe a mão senti-a banhada de umidade: além senti uma cabeça fria como neve e molhada de um líquido espesso e meio coagulado. Era sangue...

Quando Ângela veio com a luz, eu vi... Era horrível. O marido estava degolado.

Era uma estátua de gesso lavada em sangue... Sobre o peito do assassinado estava uma criança de bruços. Ela ergueu-a pelos cabelos... Estava morta também: o sangue que corria das veias rotas de seu peito se misturava com o do pai!

– Vês, Bertram, esse era o meu presente: agora será, negro embora, um sonho do meu passado. Sou tua e tua só. Foi por ti que tive força bastante para tanto crime... Vem, tudo está pronto, fujamos. A nós o futuro!

....

Foi uma vida insana a minha com aquela mulher! Era um viajar sem fim. Ângela vestia-se de homem: era um formoso mancebo assim. No demais ela era como todos os moços libertinos que nas mesas da orgia batiam com a taça na taça dela. Bebia já como uma Inglesa, fumava como uma Sultana, montava a cavalo como um Árabe, e atirava as armas como um Espanhol.

Quando o vapor dos licores me ardia a fronte

ela ma repousava em seus joelhos, tomava um bandolim e me cantava as modas de sua terra...

Nossos dias eram lançados ao sono como pérolas ao amor: nossas noites sim eram belas!

. . . .

Um dia ela partiu: partiu, mas deixou-me os lábios ainda queimados dos seus, e o coração cheio de gérmen de vícios que ela aí lançara. Partiu. Mas sua lembrança ficou como o fantasma de um mau anjo perto de meu leito.

Quis esquecê-la no jogo, nas bebidas, na paixão dos duelos. Tornei-me um ladrão nas cartas, um homem perdido por mulheres e orgias, um espadachim terrível e sem coração.

. . . .

Uma noite eu caíra ébrio às portas de um palácio: os cavalos de uma carruagem pisaram-me ao passar e partiram-me a cabeça de encontro à lájea. Acudiram-me desse palácio. Depois amaram-me: a família era um nobre velho viúvo e uma beleza peregrina de dezoito anos. Não era amor decerto o que eu sentia por ela – não sei o que foi – era uma fatalidade infernal. A pobre inocente amou-me; e eu recebido como o hóspede de Deus sob o teto do velho fidalgo, desonrei-lhe a filha, roubei-a, fugi com ela... E o velho teve de chorar suas cãs manchadas na desonra de sua filha, sem poder vingar-se.

Depois enjoei-me dessa mulher. – A saciedade é um tédio terrível: – uma noite que eu jogava com Siegfried o pirata, depois de perder as últimas joias dela, vendi-a.

A moça envenenou Siegfried logo na primeira noite, e afogou-se...

••

Eis aí quem eu sou: se quisesse contar-vos longas histórias do meu viver, vossas vigílias correriam breves demais...

Um dia – era na Itália – saciado de vinho e mulheres, eu ia suicidar-me. A noite era escura e eu chegara só na praia. Subi num rochedo: daí minha última voz foi uma blasfêmia, meu último adeus uma maldição... *meu último*, digo mal; porque senti-me erguido nas águas pelo cabelo.

Então na vertigem do afogo o anelo da vida acordou-se em mim. A princípio tinha sido uma cegueira – uma nuvem ante meus olhos, como aos daquele que labuta nas trevas. A sede da vida veio ardente: apertei aquele que me socorria: fiz tanto, em uma palavra, que, sem querê-lo, matei-o. Cansado do esforço desmaiei...

Quando recobrei os sentidos estava num escaler de marinheiros que remavam mar em fora. Aí soube eu que meu salvador tinha morrido afogado por minha culpa. Era uma sina, e negra; – e por isso ri-me: ri-me, enquanto os filhos do mar choravam.

Chegamos a uma corveta que estava erguendo âncora.

O comandante era um belo homem. Pelas faces

vermelhas caíam-lhe os crespos cabelos loiros onde a velhice alveja algumas cãs.

Ele perguntou-me:

– Quem és?

– Um desgraçado que não pode viver na terra, e não deixaram morrer no mar.

– Quereis pois vir a bordo?

– A menos que não prefirais atirar-me ao mar.

– Não o faria: tens uma bela figura. Levar-te-ei comigo. – Servirás...

– Servir! – e ri-me: depois respondi-lhe frio: deixai que me atire ao mar...

– Não queres servir? queres então viajar de braços cruzados?

– Não: quando for a hora da manobra dormirei: mas quando vier a hora do combate ninguém será mais valente do que eu...

– Muito bem: gosto de ti, disse o velho lobo do mar. Agora que estamos conhecidos dize-me teu nome e tua história.

– Meu nome é Bertram. Minha história? escutai: o passado é um túmulo: perguntai ao sepulcro a história do cadáver! ele guarda o segredo... dir-vos-á apenas que tem no seio um corpo que se corrompe! lereis sobre a lousa um nome – e não mais!

O comandante franziu as sobrancelhas, e passou adiante para comandar a manobra.

O comandante trazia a bordo uma bela moça. Criatura pálida parecera a um poeta o anjo da esperança adormecendo esquecido entre as ondas. Os marinheiros a respeitavam: quando pelas noites de lua ela repousava o braço na amurada e a face na mão, aqueles que passavam junto dela se descobriam respeitosos. Nunca ninguém lhe vira olhares de orgulho, nem lhe ouvira palavras de cólera: era uma santa.

Era a mulher do comandante.

Entre aquele homem brutal e valente, rei bravio no alto-mar, esposado, como os Doges de Veneza ao Adriático, à sua garrida corveta – entre aquele homem pois e aquela madona havia um amor de homem como o palpita o peito que longas noites abriu-se às luas do oceano solitário, que adormeceu pensando nela ao frio das vagas e ao calor dos trópicos, que suspirou nas horas de quarto, alta noite na amurada do navio, lembrando-a nos nevoeiros da cerração, nas nuvens da tarde... Pobres doidos! parece que esses homens amam muito! A bordo ouvi a muitos marinheiros seus amores singelos: eram moças loiras da Bretanha e da Normandia, ou alguma Espanhola de cabelos negros vista ao passar – sentada na praia com sua cesta de flores – ou adormecida entre os laranjais cheirosos – ou dançando o fandango lascivo nos bailes ao relento! Houve junto a mim muitas faces ásperas e tostadas ao sol do mar que se banharam de lágrimas...

Voltemos à história. – O comandante estremecia como um louco – um pouco menos que a sua honra, um pouco mais que sua corveta.

E ela – ela no meio de sua melancolia, de sua tristeza e sua palidez – ela sorria às vezes quando cismava sozinha – mas era um sorrir tão triste que doía. Coitada!

Um poeta a amaria de joelhos. Uma noite – decerto eu estava ébrio – fiz-lhe uns versos. Na lânguida poesia eu derramara uma essência preciosa e límpida que ainda não se poluíra no mundo...

Bofé que chorei quando fiz esses versos. Um dia, meses depois – li-os, ri-me deles e de mim e atirei-os ao mar... Era a última folha da minha virgindade que lançava ao esquecimento...

Agora, enchei os copos: o que vou dizer-vos é negro: é uma lembrança horrível, como os pesadelos no Oceano.

Com suas lágrimas, com seus sorrisos, com seus olhos úmidos, e os seios intumescidos de suspiro – aquela mulher me enlouquecia as noites. Era como uma vida nova que nascia cheia de desejos, quando eu cria que todos eles eram mortos como crianças afogadas em sangue ao nascer.

Amei-a: por que dizer-vos mais? Ela amou-me também. Uma vez a luz ia límpida e serena sobre as águas – as nuvens eram brancas como um véu recamado de pérolas da noite – o vento cantava nas cordas. Bebi-lhe na pureza desse luar, ao fresco dessa noite mil beijos nas faces molhadas de lágrimas, como se bebe orvalho de um lírio cheio. Aquele seio palpitante, o contorno acetinado apertei-os sobre mim...

O comandante dormia.

....

Uma vez ao madrugar o gajeiro assinalou um navio. Meia hora depois desconfiou que era um pirata...

Chegávamos cada vez mais perto. Um tiro de pólvora seca da corveta reclamou a bandeira. Não responderam. Deu-se segundo – nada. Então um tiro de bala foi cair nas águas do barco desconhecido como uma luva de duelo. O barco que até então tinha seguido rumo oposto ao nosso, e vinha proa contra nossa proa virou de bordo e apresentou-nos seu flanco enfumaçado: um relâmpago correu nas baterias do pirata – um estrondo seguiu-se – e uma nuvem de balas veio morrer perto da corveta.

Ela não dormia, virou de bordo: os navios ficaram lado a lado. À descarga do navio de guerra o pirata estremeceu como se quisesse ir a pique.

. . . .

O pirata fugia: a corveta deu-lhe caça: as descargas trocaram-se então mais fortes de ambos os lados.

Enfim o pirata pareceu ceder. Atracaram-se os dois navios como para uma luta. A corveta vomitou sua gente a bordo do inimigo. O combate tornou-se sangrento – era um matadouro: o chão do navio escorregava de tanto sangue: o mar ansiava cheio de escumas ao boiar de tantos cadáveres. Nesta ocasião sentiu-se uma fumaça que subia do porão. O pirata dera fogo às pólvoras... Apenas a corveta por uma manobra atrevida pôde afastar-se do perigo. Mas a explosão fez-lhe grandes estragos. Alguns minutos depois o barco do pirata voou pelos ares. Era uma cena pavorosa ver entre aquela fogueira de chamas, ao estrondo da pólvora, ao reverberar deslumbrador do fogo nas águas, os homens arrojados ao ar irem cair no oceano.

Uns a meio queimados se atiravam à água, outros com os membros esfolados e a pele a despegar-se-lhes do corpo nadavam ainda entre dores horríveis e morriam torcendo-se em maldições.

A uma légua da cena do combate havia uma praia bravia, cortada de rochedos... Aí se salvaram os piratas que puderam fugir.

E nesse tempo, enquanto o comandante se batia como um bravo, eu o desonrava como um covarde.

Não sei como se passou o tempo todo que decorreu depois. Foi uma visão de gozos malditos – eram os amores de Satã e de Eloá, da morte e da vida – num leito do mar.

Quando acordei um dia desse sonho, o navio tinha encalhado num banco de areia: o ranger da quilha a morder na areia gelou a todos – meu despertar foi a um grito de agonia...

– Olá, mulher! taverneira maldita, não vês que o vinho acabou-se?

Depois foi um quadro horrível! Éramos nós numa jangada no meio do mar. Vós que lestes o *Don Juan*, que fizestes talvez daquele veneno a vossa Bíblia, que dormistes as noites da saciedade, como eu, com a face sobre ele – e com os olhos ainda fitos nele vistes tanta vez amanhecer – sabeis quanto se coa de horror aqueles homens atirados ao mar, num mar sem horizonte, ao balouço das águas, que parecem sufocar seu escárnio na mudez fria de uma fatalidade!

Uma noite – a tempestade veio – apenas houve tempo de amarrar nossas munições... Fora mister ver o Oceano braminado no escuro como um bando de leões com fome, para saber o que é a borrasca – fora mister vê-la de uma jangada à luz da tempestade, às blasfêmias dos que não creem e maldizem, às lágrimas dos que esperam e desesperam, aos soluços dos que tremem e tiritam de susto como aquele que bate à porta do nada... E eu, eu ria: era como o gênio do ceticismo naquele deserto. Cada vaga que varria nossas tábuas descosidas arrastava um homem – mas cada vaga que me rugia aos pés parecia respeitar-me. Era um Oceano como aquele de fogo onde caíram os anjos perdidos de Milton, o cego: quando eles passavam cortando-as a nado, as águas do pântano de lava se apartavam: a morte era para os filhos de Deus – não para o bastardo do mal!

Toda aquela noite passei-a com a mulher do comandante nos braços. Era um himeneu terrível aquele que se consumava entre um descrido e uma mulher pálida que enlouquecia: o tálamo era o Oceano, a escuma das vagas era a seda que nos alcatifava o leito. Em meio daquele concerto de uivos que nos ia ao pé, os gemidos nos sufocavam: e nós rolávamos abraçados – atados a um cabo da jangada – por sobre as tábuas...

Quando a aurora veio, restávamos cinco: eu, a mulher do comandante, ele e dois marinheiros...

Alguns dias comemos umas bolachas repassadas da salsugem da água do mar. Depois tudo o que houve de mais horrível se passou...

– Por que empalideces, Solfieri? a vida é assim. Tu o sabes como eu o sei. O que é o homem? é a escuma que ferve hoje na torrente e amanhã desmaia: alguma coisa de louco e movediço como a vaga, de fatal como o sepulcro! O que é a existência? Na mocidade é o caleidoscópio das ilusões: vive-se então da seiva do futuro. Depois envelhecemos: quando chegamos aos trinta anos, e o suor das agonias nos grisalhou os cabelos antes do tempo, e murcharam como nossas faces as nossas esperanças, oscilamos entre o passado visionário, e este *amanhã* do velho, gelado e ermo – despido como um cadáver que se banha antes de dar à sepultura! Miséria! loucura!

– Muito bem! miséria e loucura! interrompeu uma voz.

O homem que falara era um velho. A fronte se lhe descalvara, e longas e fundas rugas a sulcavam – eram as ondas que o vento da velhice lhe cavava no mar da vida... Sob espessas sobrancelhas grisalhas lampejavam os olhos pardos e um espesso bigode lhe cobria parte dos lábios. Trazia um gibão negro e roto, e um manto desbotado, da mesma cor lhe caía dos ombros.

– Quem és, velho? perguntou o narrador.

– Passava lá fora: a chuva caía a cântaros: a tempestade era medonha: entrei. Boa noite, senhores! se houver mais uma taça na vossa mesa, enchei-a até as bordas e beberei convosco.

– Quem és?

– Quem eu sou? na verdade fora difícil dizê-lo; corri muito mundo, a cada instante mudando de nome e de vida. – Fui poeta – e como poeta cantei. Fui soldado, e banhei minha fronte juvenil nos últimos raios de sol da águia de Waterloo. – Apertei ao fogo da batalha a mão do homem do século – bebi numa taverna com Bocage o Português – ajoelhei-me na Itália sobre o túmulo de Dante – e fui à Grécia para sonhar como Byron naquele túmulo das glórias do passado. – Quem eu sou? Fui um poeta aos vinte anos, um libertino aos trinta – sou um vagabundo sem pátria e sem crenças aos quarenta. Sentei-me à sombra de todos os sóis – beijei lábios de mulheres de todos os países – e de todo esse peregrinar só trouxe duas lembranças – um amor de mulher que morreu nos meus braços na primeira noite de embriaguez e de febre – e uma agonia de poeta... Dela, tenho uma rosa murcha e a fita que prendia seus cabelos. – Dele – olhai...

O velho tirou do bolso um embrulho: era um lenço vermelho o invólucro: desataram-no – dentro estava uma caveira.

– Uma caveira! gritaram em torno; és um profanador de sepulturas?

– Olha, moço, se entendes a ciência de Gall e Spurzheim, dize-me pela protuberância dessa fronte, e pelas bossas dessa cabeça quem podia ser esse homem?

– Talvez um poeta – talvez um louco.

– Muito bem! adivinhaste. Só erraste não dizendo que talvez ambas as coisas a um tempo. Sêneca o disse – a poesia é insânia. Talvez o gênio seja uma alucinação, e o entusiasmo precise da embriaguez para escrever o hino sanguinário e fervoroso de Rouget de l'Isle, ou para, na criação do painel medonho do Cristo morto de Holbein, estudar a corrupção do cadáver. Na vida misteriosa de Dante, nas orgias de Marlowe, no peregrinar de Byron havia uma sombra da doença de Hamlet: quem sabe?

– Mas a que vem tudo isso?

– Não bradastes – miséria e loucura! – vós, almas onde talvez borbulhava o sopro de Deus, cérebros que a luz divina do gênio esclarecia, e que o vinho enchia de vapores, e a saciedade d'escárnios? Enchei as taças até a borda! enchei-as e bebei; bebei à lembrança do cérebro que ardeu nesse crânio, da alma que aí habitou, do poeta – louco – Werner! e eu bradarei ainda uma vez: – miséria e loucura!

O velho esvaziou o copo, embuçou-se e saiu. Bertram continuou a sua história.

Eu vos dizia que ia passar-se uma coisa horrível: não havia mais alimentos, e no homem despertava a voz do instinto, das entranhas que tinham fome, que pediam seu cevo como o cão do matadouro, fosse embora sangue.

A fome! a sede! tudo quanto de mais horrível...

Na verdade, senhores, o homem é uma criatura perfeita! Estatuário sublime, Deus esgotou no talhar desse mármore todo o seu esmero. Prometeu divino encheu-lhe o crânio protuberante da luz do gênio. Ergueu-o pela mão, mostrou-lhe o mundo do alto da montanha, como Satã quatro séculos depois o fez a Cristo, e disse-lhe: Vê, tudo isso é belo – vales e montes, águas do mar que espumam, folhas das florestas que tremem e sussurram como as asas dos meus anjos – tudo isso é teu. Fiz-te o mundo belo no véu purpúreo do crepúsculo, dourei-to aos raios de minha face. – Ei-lo, rei da terra! banha a fronte olímpica nessas brisas, nesse orvalho, na escuma dessas cataratas. – Sonha como a noite, canta como os anjos, dorme entre as flores! Olha! entre as folhas floridas do vale dorme uma criatura branca como o véu das minhas virgens, loira como o reflexo das minhas nuvens, harmoniosa como as aragens do céu nos arvoredos da terra. – É tua: acorda-a: ama-a, e ela te amará; no seio dela, nas ondas daquele cabelo, afoga-te como o sol entre vapores. – Rei no peito dela, rei na terra, vive de amor e crença, de poesia e de beleza, levanta-te, vai e serás feliz!

Tudo isso é belo, sim – mas é a ironia mais amarga, a decepção mais árida de todas as ironias e de todas as decepções. Tudo isso se apaga adiante de dois fatos muito prosaicos – a fome e a sede.

O gênio, a águia altiva que se perde nas nuvens, que se aquenta no eflúvio da luz mais ardente do sol – cair assim com as asas torpes e verminosas no lodo das charnecas? Poeta, porque no meio do arroubo mais sublime do espírito, uma voz sarcástica e mefistofélica te brada – meu Fausto, ilusões! a realidade é a matéria: Deus escreveu Ana'gkh – na fronte de sua criatura! – Don Juan! por que choras a esse beijo morno de Haideia que desmaia-te nos braços? a prostituta vender-tos-á amanhã mais queimadores!... Miséria! E dizer que tudo o que há de mais divino no homem, de mais santo e perfumado na alma se infunde no lodo da realidade, se revolve no charco e acha ainda uma convulsão infame para dizer – sou feliz!...

Isso tudo, senhores, para dizer-vos uma coisa muito simples... um fato velho e batido – uma prática do mar, uma lei do naufrágio – a antropofagia.

Dois dias depois de acabados os alimentos restavam três pessoas: eu, o comandante e ela – eram três figuras macilentas como o cadáver, cujos peitos nus arquejavam como a agonia, cujos olhares fundos e sombrios se injetavam de sangue como a loucura.

O uso do mar – não quero dizer a voz da natureza física, o brado do egoísmo do homem – manda a morte de um para a vida de todos. – Tiramos a sorte – o comandante teve por lei morrer.

Então o instinto de vida se lhe despertou ainda. Por um dia mais de existência, mais um dia de fome e sede, de leito úmido e varrido pelos ventos frios do norte, mais umas horas mortas de blasfêmia e de agonia, de esperança e desespero – de orações e descrenças – de febre e de ânsia – o homem ajoelhou-se, chorou, gemeu a meus pés...

– Olhai, dizia o miserável, esperemos até amanhã... Deus terá compaixão de nós... Por vossa mãe, pelas entranhas de vossa mãe! por Deus se ele existe! deixai, deixai-me ainda viver!

– Oh! a esperança é pois como uma parasita que morde e despedaça o tronco, mas quando ele cai, quando morre e apodrece, ainda o aperta em seus convulsos braços? Esperar! quando o vento do mar açoita as ondas, quando a escuma do oceano vos lava o corpo lívido e nu, quando o horizonte é deserto e sem termo, e as velas que branqueiam ao longe parecem fugir! Pobre louco!

Eu ri-me do velho. – Tinha as entranhas em fogo. – Morrer hoje, amanhã, ou depois – tudo me era indiferente, mas hoje eu tinha fome, e ri-me porque tinha fome.

O velho lembrou-me que me acolhera a seu bordo, por piedade de mim – lembrou-me que me amava – e uma torrente de soluços e lágrimas afogava o bravo que nunca empalidecera diante da morte.

Parece que a morte no oceano é terrível para os outros homens: quando o sangue lhes salpica as faces, lhes ensopa as mãos, correm à morte como um rio ao mar – como a cascavel ao fogo.

Mas assim – no deserto – nas águas – eles temem-
-na, tremem adiante dessa caveira fria da morte!

Eu ri-me porque tinha fome.

Então o homem ergueu-se. A fúria se levantou nele – com a última agonia. Cambaleava, e um suor frio lhe corria no peito descarnado. – Apertou-me nos seus braços amarelentos – e lutamos ambos corpo a corpo, peito a peito, pé por pé – por um dia de miséria!

A lua amarelada erguia sua face desbotada, como uma meretriz cansada de uma noite de devassidão – do céu escuro parecia zombar desses dois moribundos que lutavam por uma hora de agonia...

O valente do combate desfalecia – caiu – pus-
-lhe o pé na garganta – sufoquei-o – e expirou...

Não cubrais o rosto com as mãos – faríeis o mesmo... Aquele cadáver foi nosso alimento dois dias...

Depois, as aves do mar já baixavam para partilhar minha presa; e às minhas noites fastientas uma sombra vinha reclamar sua ração de carne humana...

Lancei os restos ao mar...

Eu e a mulher do comandante passamos – um dia, dois – sem comer nem beber.

Então ela propôs-me morrer comigo. – Eu disse-lhe que sim. Esse dia foi a última agonia do amor que nos queimava: gastamo-lo em convulsões para sentir ainda o mel fresco da voluptuosidade banhar-nos os lábios... Era o gozo febril que podem ter duas criaturas em delírio de morte. Quando soltei-me dos braços dela a fraqueza a fazia desvairar. O delírio tornava-se mais longo, mais longo: debruçava-se nas ondas e bebia a água salgada, e oferecia-ma nas mãos pálidas dizendo que era vinho. As gargalhadas frias vinham mais de entuviada...

Estava louca.

Não dormi – não podia dormir: uma modorra ardente me fervia as pálpebras: o hálito de meu peito parecia fogo: meus lábios secos e estalados apenas se orvalhavam de sangue.

Tinha febre no cérebro – e meu estômago tinha fome. Tinha fome como a fera.

Apertei-a nos meus braços, oprimi-lhe nos

beiços a minha boca em fogo: apertei-a convulsivo – sufoquei-a. Ela era ainda tão bela!

Não sei que delírio estranho se apoderou de mim. Uma vertigem me rodeava. O mar parecia rir de mim, e rodava em torno, escumante e esverdeado, como um sorvedouro. As nuvens pairavam correndo e pareciam filtrar sangue negro. O vento que me passava nos cabelos murmurava uma lembrança...

De repente senti-me só. Uma onda me arrebatara o cadáver. Eu a vi boiar pálida como suas roupas brancas, seminua, com os cabelos banhados de água: eu via-a erguer-se na escuma das vagas, desaparecer, e boiar de novo: depois não a distingui mais – era como a escuma das vagas, como um lençol lançado nas águas...

Quantas horas, quantos dias passei naquela modorra – nem o sei... Quando acordei desse pesadelo de homem desperto, estava a bordo de um navio.

Era o brigue inglês *Swallow*, que me salvara...

Olá taverneira, bastarda de Satã! não vês que tenho sede, e as garrafas estão secas, secas como tua face e como nossas gargantas?

IV

Gennaro

Meurs ou tue!

Corneille

— Gennaro, dormes, ou embebes-te no sabor do último trago do vinho, da última fumaça do teu cachimbo?

– Não: quando contava tua história, lembrava-me uma folha da vida, folha seca e avermelhada como as do outono, e que o vento varreu.

– Uma história?

– Sim: é uma das minhas histórias: sabes, Bertram, eu sou pintor, é uma lembrança triste essa que vou revelar, porque é a história de um velho e de duas mulheres, belas como duas visões de luz.

Godofredo Walsh era um desses velhos sublimes, em cujas cabeças as cãs semelham o diadema prateado do gênio. Velho já, casara em segundas núpcias com uma beleza de vinte anos. Godofredo era pintor: diziam uns que este casamento fora um amor artístico por aquela beleza Romana, como que feita ao molde das belezas antigas – outros criam-no compaixão pela pobre moça que vivia de servir de modelo. O fato é que ele a queria como filha – como Laura, a filha única de seu primeiro casamento – Laura, corada como uma rosa, e loira como um anjo.

Eu era nesse tempo moço: era aprendiz de pintura em casa de Godofredo. Eu era lindo então! que trinta anos lá vão! que ainda os cabelos e as faces me não haviam desbotado como nesses longos quarenta e dois anos de vida! Eu era aquele tipo de mancebo ainda puro do ressumbrar infantil, pensativo e melancólico como o Rafael se retratou no quadro da galeria Barberini. Eu tinha quase a idade da mulher do mestre. – Nauza tinha vinte – e eu tinha dezoito anos.

Amei-a, mas meu amor era puro como meus sonhos de dezoito anos. Nauza também me amava: era um sentir tão puro! era uma emoção solitária e perfumosa como as primaveras cheias de flores e de brisas que nos embalavam aos céus da Itália.

Como eu o disse – o mestre tinha uma filha chamada Laura. Era uma moça pálida, de cabelos castanhos e olhos azulados; sua tez branca, só às vezes, quando o pejo a incendia, duas rosas lhe avermelhavam a face e se lhe destacavam no fundo de mármore. Laura parecia querer-me como a um irmão. Seus risos, seus beijos de criança de quinze anos eram só para mim. À noite, quando eu ia deitar-me, ao passar pelo corredor escuro com minha lâmpada, uma sombra me apagava a luz e um beijo me pousava nas faces, nas trevas.

Muitas noites foi assim.

Uma manhã – eu dormia ainda – o mestre saíra e Nauza fora à igreja – quando Laura entrou no meu quarto e fechou a porta: deitou-se a meu lado. Acordei – nos abraços dela.

O fogo de meus dezoito anos, a primavera virginal de uma beleza, ainda inocente, o seio seminu de uma donzela a bater sobre o meu: isso tudo ao despertar dos sonhos alvos da madrugada, me enlouqueceu...

Todas as manhãs Laura vinha a meu quarto...

Três meses passaram assim. Um dia entrou ela no meu quarto e disse-me:

– Gennaro, estou desonrada para sempre...

A princípio eu quis-me iludir – já não o posso – estou de esperanças...

Um raio que me caísse aos pés não me assustaria tanto.

– É preciso que cases comigo – que me peças a meu pai, ouves, Gennaro?

Eu calei-me.

– Não me amas então?

Calei-me ainda.

– Oh! Gennaro, Gennaro!

E caiu no meu ombro desfeita em soluços. Carreguei-a assim fria e fora de si para seu quarto.

Nunca mais tornou a falar-me em casamento.

Que havia de eu fazer? contar tudo ao pai, e pedi-la em casamento? fora uma loucura... ele me mataria, e a ela: ou pelo menos me expulsaria de sua casa... E Nauza? cada vez eu a amava mais. Era uma luta terrível essa que se travava entre o dever e o amor, e entre o dever e o remorso.

Laura não me falara mais. Seu sorriso era frio: cada dia tornava-se mais pálida: mas a gravidez não crescia, antes mais nenhum sinal se lhe notava...

O velho levava as noites passeando no escuro. Já não pintava. Vendo a filha que morria aos sons secretos de uma harmonia de morte, que empalidecia cada vez mais, o misérrimo arrancava as cãs.

Eu contudo não esquecera Nauza, nem ela se esquecia de mim. Meu amor era sempre o mesmo: eram sempre noites de esperança e de sede que me banhavam de lágrimas o travesseiro. Só às vezes sombra de um remorso me passava, mas a imagem dela dissipava todas essas névoas...

Uma noite... foi horrível... vieram chamar-me: Laura morria. Na febre murmurava meu nome e palavras que ninguém podia reter, tão apressadas e confusas lhe soavam. Entrei no quarto dela: a doente conheceu-me. Ergueu-se branca, com a face úmida de um suor copioso: chamou-me. Sentei-me junto do leito dela. Apertou minha mão nas suas mãos frias e murmurou em meus ouvidos:

– Gennaro, eu te perdoo: eu te perdoo tudo... Eras um infame... Morrerei... Fui uma louca... Morrerei... por tua causa... teu filho... o meu...

vou vê-lo ainda... mas no céu... Meu filho que matei... antes de nascer...

Deu um grito: estendeu convulsivamente os braços como para repelir uma ideia, passou a mão pelos lábios como para enxugar as últimas gotas de uma bebida, estorceu-se no leito, lívida, fria, banhada de suor gelado, e arquejou... Era o último suspiro.

Um ano todo se passou assim para mim. O velho parecia endoidecido. Todas as noites fechava-se no quarto onde morrera Laura: levava aí a noite toda em solidão. Dormia? ah que não! Longas horas eu o escutei no silêncio arfar com ânsia, outras vezes afogar-se em soluços. Depois tudo emudecia: o silêncio durava horas – o quarto era escuro: e depois as passadas pesadas do mestre se ouviam pelo quarto, mas vacilantes como de um bêbedo que cambaleia.

Uma noite eu disse a Nauza que a amava: ajoelhei-me junto dela, beijei-lhe as mãos, reguei seu colo de lágrimas: ela voltou a face: eu cri que era desdém, ergui-me.

– Então Nauza, tu me não amas, disse eu.

Ela permanecia com o rosto voltado.

– Adeus pois: perdoai-me se vos ofendi: meu amor é uma loucura, minha vida é uma desesperança – o que me resta? Adeus, irei longe – longe daqui... talvez então eu possa chorar sem remorso...

Tomei-lhe a mão e beijei-a.

Ela deixou sua mão nos meus lábios.

Quando ergui a cabeça, eu a vi: ela estava debulhada em lágrimas.

– Nauza – Nauza – uma palavra, tu me amas?

· ·

Tudo o mais foi um sonho: a lua passava entre os vidros da janela aberta, e batia nela: nunca eu a vira tão pura e divina!

· ·

E as noites que o mestre passava soluçando no leito vazio de sua filha, eu as passava no leito dele, nos braços de Nauza.

Uma noite houve um fato pasmoso.

O mestre veio ao leito de Nauza. Gemia e chorava aquela voz cavernosa e rouca: tomou-me pelo braço com força, acordou-me, e levou-me de rastro ao quarto de Laura...

Atirou-me ao chão: fechou a porta. Uma lâmpada estava acesa no quarto defronte de um painel. – Ergueu o lençol que o cobria. – Era Laura moribunda! E eu macilento como ela tremia como um condenado. A moça com seus lábios pálidos murmurava no meu ouvido...

Eu tremi de ver meu semblante tão lívido na tela: e lembrei-me que naquele dia ao sair do quarto da morta, no espelho dela que estava ainda pendurado à janela, eu me horrorizara de ver-me cadavérico...

Um tremor, um calafrio, se apoderou de mim. Ajoelhei-me, e chorei lágrimas ardentes. Confessei tudo: parecia-me que era ela quem o mandava, que era Laura que se erguia dentre os lençóis do seu leito, e me acendia o remorso, e no remorso me rasgava o peito.

Por Deus! que foi uma agonia!

No outro dia o mestre conversou comigo friamente. Lamentou a falta de sua filha – mas sem uma lágrima: sobre o passado da noite, nem palavra.

Todas as noites era a mesma tortura, todos os dias a mesma frieza.

O mestre era sonâmbulo...

E pois eu não me cri perdido...

Contudo lembrei-me que uma noite, quando eu saía do quarto de Laura com o mestre, no escuro vira uma roupa branca passar-me por perto, roçaram-me uns cabelos soltos, e nas lájeas do corredor estalavam umas passadas tímidas de pés nus... Era Nauza que tudo vira e tudo ouvira, que se acordara e sentira minha falta no leito, que ouvira esses soluços e gemidos, e correra para ver...

• •

Uma noite, depois da ceia, o mestre Walsh tomou sua capa e uma lanterna, e chamou-me para acompanhá-lo. Tinha de sair fora da cidade e não queria ir só. Saímos juntos: a noite era escura e fria. O outono desfolhara as árvores e os primeiros sopros do inverno rugiam nas folhas secas do chão. Caminhamos juntos muito tempo: cada vez mais nos entranhávamos pelas montanhas, cada vez o caminho era mais solitário. O velho parou. Era na fralda de uma montanha. À direita o rochedo se abria num trilho: à esquerda as pedras soltas por nossos pés a cada passada se despegavam e rolavam pelo despenhadeiro, e instantes depois se ouvia um som como de água onde cai um peso...

A noite era escuríssima. Apenas a lanterna alumiava o caminho tortuoso que seguíamos. O velho lançou os olhos à escuridão do abismo e riu-se.

– Espera-me aí, disse ele – já venho.

Godofredo tomou a lanterna e seguiu para o cume da montanha: eu sentei-me no caminho à sua espera: vi aquela luz ora perder-se, ora reaparecer entre os arvoredos nos zigue-zagues do caminho. Por fim vi-a parar. O velho bateu à porta de uma cabana: a porta abriu-se. Entrou. O que aí se passou nem o sei: quando a porta se abriu de novo uma mulher lívida e desgrenhada apareceu com um facho na mão.

A porta fechou-se. Alguns minutos depois o mestre estava comigo.

O velho assentou a lanterna num rochedo, despiu a capa e disse-me:

– Gennaro, quero contar-te uma história. É um crime, quero que sejas juiz dele. Um velho era casado com uma moça bela. De outras núpcias tinha uma filha bela também. Um aprendiz – um miserável que ele erguera da poeira, como o vento às vezes ergue uma folha, mas que ele podia reduzir a ela quando quisesse...

Eu estremeci, os olhares do velho pareciam ferir-me.

– Nunca ouviste essa história, meu bom Gennaro?

– Nunca, disse eu a custo e tremendo.

— Pois bem — esse infame desonrou o pobre velho: traiu-o como Judas ao Cristo.

— Mestre, perdão!

— Perdão! e perdoou o malvado ao pobre coração do velho?

— Piedade!

— E teve ele dó da virgem, da desonrada, da infanticida?

— Ah! gritei.

— Que tens? conheces o criminoso?

A voz de escárnio dele me abafava.

— Vês pois, Gennaro, disse ele mudando de tom — se houvesse um castigo pior que a morte, eu to daria. Olha esse despenhadeiro! É medonho! se o visses de dia, teus olhos se escureceriam e aí rolarias talvez — de vertigem! É um túmulo seguro: e guardará o segredo, como um peito o punhal. — Só os corvos irão lá ver-te: só os corvos e os vermes. E pois, se tens ainda no coração maldito um remorso, reza tua última oração: mas seja breve: o algoz espera a vítima: a hiena tem fome de cadáver...

Eu estava ali pendente junto à morte. Tinha só a escolher o suicídio ou ser assassinado. Matar o velho era impossível. Uma luta entre mim e ele fora insana. Ele era robusto, a sua estatura alta, seus braços musculosos me quebrariam como o vendaval rebenta um ramo seco. Demais, ele estava armado. Eu – eu era uma criança débil: ao meu primeiro passo ele me arrojaria da pedra em cujas bordas eu estava... Só me restaria morrer com ele – arrastá-lo na minha queda. Mas para quê?

Eu curvei-me no abismo: tudo era negro: o vento lá gemia embaixo nos ramos desnuados, nas urzes, nos espinhais ressequidos, e a torrente lá chocalhava no fundo escumando nas pedras.

Eu tive medo.

Orações, ameaças, tudo seria debalde.

– Estou pronto, disse.

O velho riu-se: infernal era aquele rir dos seus lábios estalados de febre. Só vi aquele riso... Depois foi uma vertigem... o ar que sufocava, um peso que me arrastava, como naqueles pesadelos em que se cai de uma torre e se fica preso ainda pela mão, mas a mão cansa, fraqueja, sua, esfria... Era horrível: ramo a ramo, folha por folha os arbustos me estalavam nas mãos: as raízes secas que saíam pelo despenhadeiro estavam sobre meu peso, e meu peito sangrava nos espinhais. A queda era muito rápida... de repente não senti mais nada... Quando acordei estava junto a uma cabana de camponeses que me tinham apanhado junto da torrente, preso nos ramos de uma azinheira gigantesca que assombrava o rio.

Era depois de um dia e uma noite de delírios que eu acordara. Logo que sarei, uma ideia me veio: ir ter com o mestre. Ao ver-me salvo assim daquela morte horrível, pode ser que se apiedasse de mim, que me perdoasse, e então eu seria seu escravo, seu cão, tudo o que houvesse mais abjeto num homem que se humilha – tudo! – contanto que ele me perdoasse. Viver com aquele remorso me parecia impossível. Parti pois: no caminho topei um punhal. Ergui-o. Era o do mestre. Veio-me então uma ideia de vingança e de soberba. Ele quisera matar-me, ele tinha rido à minha agonia, e eu havia ir chorar-lhe ainda aos pés para ele repelir-me ainda, cuspir-me nas faces, e amanhã procurar outra vingança mais segura. Eu humilhar-me quando ele me tinha abatido! Os cabelos me arrepiaram na cabeça, e suor frio me rolava pelo rosto.

Quando cheguei à casa do mestre achei-a fechada. – Bati – não abriram. O jardim da casa dava para a rua: saltei o muro: tudo estava deserto e as portas que davam para ele estavam também fechadas. Uma delas era fraca: com pouco esforço arrombei-a. Ao estrondo da porta que caiu só o eco respondeu nas salas. Todas as janelas estavam fechadas: e contudo era dia claro fora. Tudo estava escuro: nem uma lamparina acesa. Caminhei tateando até a sala do pintor. Cheguei lá – abri as janelas e a luz do dia derramou-se na sala deserta. Cheguei então ao quarto de Nauza – abri a porta e um bafo pestilento corria daí. O raio da luz bateu em uma mesa. – Junto estava uma forma de mulher com a face na mesa, e os cabelos caídos – atirado numa poltrona um vulto coberto com um capote. Entre eles um copo onde se depositara um resíduo polvilhento. Ao pé estava um frasco vazio. Depois eu o soube – a velha da cabana era uma mulher que vendia veneno: era ela decerto que o vendera, porque o pó branco do copo parecia sê-lo...

Ergui os cabelos da mulher, levantei-lhe a cabeça... Era Nauza, mas Nauza cadáver, já desbotada pela podridão. Não era aquela estátua alvíssima de outrora, as faces macias e colo de neve... era um corpo amarelo... Levantei uma ponta da capa do outro – o corpo caiu de bruços com a cabeça para baixo – ressoou no pavimento o estalo do crânio... Era o velho – morto também roxo e apodrecido: eu o vi – da boca lhe corria uma escuma esverdeada.

• •

V

Claudius Hermann

> ... Ecstasy!
> My pulse, as yours, doth temperately keep time
> And makes as healthful music: It is not madness.
> That I have utter'd.
>
> **Shakespeare**, *Hamlet*

— E tu, Hermann! Chegou a tua vez. Um por um evocamos ao cemitério do passado um cadáver. Um por um erguemos-lhe o sudário para amostrar-lhe uma nódoa de sangue. Fala que chegou tua vez.

— Claudius sonha algum soneto ao jeito do Petrarca, alguma auréola de pureza como a dos espíritos puros da *Messíada*! disse entre uma fumaça e uma gargalhada Johann erguendo a cabeça da mesa.

— Pois bem! quereis uma história? Eu pudera contá-las, como vós, loucuras de noites de orgia — mas para quê? Fora escárnio Fausto ir lembrar a Mefistófeles as horas de perdição que lidou com ele. Sabeis-las todas essas minhas nuvens do passado, lestes-lo à farta o livro desbotado de minha existência libertina. Se o não lembrásseis, a primeira mulher das ruas pudera contá-lo. Nessa torrente negra que se chama a vida, e que corre para o passado enquanto nós caminhamos para o futuro, também desfolhei muitas crenças, e lancei despidas as minhas roupas mais perfumadas para trajar a túnica da Saturnal! O passado é o que foi, é a flor que murchou, o sol que se apagou: o cadáver que apodreceu. Lágrimas a ele? fora loucura! Que durma, e que durma com suas lembranças negras! revivam; acordem apenas os miosótis abertos naquele pântano! sobreague naquele não ser o eflúvio de alguma lembrança pura!

– Bravo! Bravíssimo! Claudius, estás completamente bêbedo! bofé que estás romântico!

– Silêncio, Bertram! certo que esta não é uma lenda para inscrever-se após das vossas: uma dessas coisas que se contem com os cotovelos na toalha vermelha, e os lábios borrifados de vinho e saciados de beijos... Mas que importa?

Vós todos, que amais o jogo, que vistes um dia correr naquele abismo uma onda de ouro, redemoinhar-lhe no fundo, como um mar de esperanças que se embate na ressaca do acaso, sabeis melhor que vertigem nos tonteia então: ideais-la melhor a loucura que nos delira naqueles jogos de milhares de homens, ou de fortuna, aspirações, a vida mesma vão-se na rapidez de uma corrida, onde todo esse complexo de misérias e desejos, de crimes e virtudes que se chama a existência se joga numa parelha de cavalos!

Apostei como homem a quem não doera empobrecer: o luxo também sacia, e é essa uma saciedade terrível! para ela nada basta: nem as danças do Oriente, nem as lupercais romanas, nem os incêndios de uma cidade inteira lhe alimentariam a seiva de morte, essa *vitalidade do veneno* – de que fala Byron. Meu lance no *turf* foi minha fortuna inteira. Eu era rico, muito rico então: em Londres ninguém ostentava mais dispendiosas devassidões: nenhum nababo numa noite esperdiçava somas como eu. O suor de três gerações derramava-o eu no leito das perdidas, e no chão das minhas orgias...

No instante em que as corridas iam começar, em que todos se sentiam febris de impaciência – um murmúrio correu pelas multidões – um sorriso – e depois eram as frontes que se expandiam – e depois uma mulher passou a cavalo.

Vísseis-la como eu – no cavalo negro, com as roupas de veludo, as faces vivas, o olhar ardente entre o desdém dos cílios, transluzindo a rainha em todo aquele ademã soberbo: vísseis-la bela na sua beleza plástica e harmônica, linda nas suas cores puras e acetinadas, nos cabelos negros, e a tez branca da fronte: o oval das faces coradas, o fogo de nácar dos lábios finos, o esmero do colo ressaltando nas roupas de amazona: vísseis-la assim, e à fé, senhores, que não havíeis rir de escárnio como rides agora!

– Romantismo! deves estar muito ébrio, Claudius, para que nos teus lábios secos de Lovelace, e na tua insensibilidade de D. Juan venha a poesia ainda passar-te um beijo!

– Ride, sim! misérrimos! que não compreendeis o que porventura vai de incêndio por aqueles lábios de Lovelace, e como arqueja o amor sob as roupas gotejantes de chuva de D. Juan o libertino! Insanos, que nunca sonhastes Lovelace sem sua máscara talvez chorando Clarissa Harlowe, pobre anjo, cujo as asas brancas ele ia desbotar... maldizendo essa fatalidade que faz do amor uma infâmia e um crime! Mil vezes insanos que nunca sonhastes o Espanhol acordando no lupanar, passando a mão pela fronte, e rugindo de remorso e saudade ao lembrar tantas visões alvas do passado!

– Bravo! bravo!

– Poesia! poesia! murmurou Bertram.

– Poesia! por que pronunciar-lho à virgem casta o nome santo como um mistério, no lodo escuro da taverna? Por que lembrá-la a estrela do amor à luz do lampião da crápula? Poesia! sabeis o que é a poesia?

– Meio cento de palavras sonoras e vãs que um pugilo de homens pálidos entende, uma escada de sons e harmonias que àquelas almas loucas parecem ideias, e lhes despertam ilusões como a lua as sombras... Isso no que se chama os poetas. Agora, no ideal, na mulher, o ressaibo do último romance, o delírio e a paixão da última heroína de novela, e o presente incerto e vago de um gozo místico, pelo qual a virgem se morre de volúpia, sem sabê-lo por quê...

— Silêncio, Bertram! teu cérebro queimaram-to os vinhos, como a lava de um vulcão as relvas e flores da campina. Silêncio! és como essas plantas que nascem e mergulham no mar morto: cobre-as uma cristalização calcária, enfezam-se e mirram. A poesia, eu to direi também por minha vez, é o voo das aves da manhã no banho morno das nuvens vermelhas da madrugada, é o cervo que se rola no orvalho da montanha relvosa, que se esquece da morte de amanhã, da agonia de ontem em seu leito de flores!

— Basta, Claudius: que isso que aí dizes ninguém o entende: são palavras, palavras e palavras, como o disse o Hamlet: e tudo isso é inanido e vazio como uma caveira seca, mentiroso como os vapores infectos da terra que o sol no crepúsculo iria de mil cores, e que se chamam as nuvens, ou essa fada zombadora e nevoenta que se chama a poesia!

— A história! A história! Claudius — não vês que essa discussão nos faz bocejar de tédio?

— Pois bem: contarei o resto da história: No fim desse dia eu tinha dobrado minha fortuna.

No dia seguinte eu a vi: era no teatro. Não sei o que representaram; não sei o que ouvi, nem o que vi: sei só que lá estava uma mulher — bela como tudo quanto passa mais puro à concepção do estatuário. Essa mulher era a duquesa Eleonora... No outro dia vi-a num baile... Depois... Fora longo dizer-vo-lo: seis meses! Concebeis-lo? seis meses de agonia e desejo anelante — seis meses de amor com a sede da fera! seis meses! como foram longos!

Um dia achei que era demais. Todo esse tempo havia passado em contemplação — em vê-la, amá-la e sonhá-la: apertei minhas mãos jurando que isso não iria além — que era muito esperar em vão: e que se ela não viria como Gulnare aos pés do Corsário, a ele cabia ir ter com ela.

Uma noite tudo dormia no palácio do duque. A duquesa, cansada do baile, adormecia num divã. A lâmpada de alabastro estremecia-lhe sua luz dourada na testa pálida. Parecia uma fada que dormia ao luar...

O reposteiro do quarto agitou-se: um homem aí estava parado – absorto. Tinha a cabeça tão quente e febril e ele a repousava no portal.

A fraqueza era covarde: e demais, esse homem comprara uma chave e uma hora à infâmia venal de um criado; esse homem jurara que nessa noite gozaria aquela mulher: fosse embora veneno, ele beberia o mel daquela flor, o licor de escarlate daquela taça. Quanto a esses prejuízos de honra e adultério, não riais deles – não que ele ria disso. Amava, e queria: a sua vontade era como a folha de um punhal – ferir ou estalar.

Na mesa havia um copo e um frasco de vinho: encheu o copo: era vinho espanhol – ... Chegou-se a ela, ergueu-a com suas roupas de veludo desatadas, seus cabelos a meio soltos ainda entremeados de pedraria e flores, seus seios meio nus onde os diamantes brilhavam como gotas de orvalho – ergueu-a nos braços; deu-lhe um beijo.

Ao calor daquele beijo, seminua, ela acordou-se: entre os vagos sonhos se lhe perdia uma ilusão talvez; murmurou – "amor!" e com olhos entreabertos deixou cair a cabeça e adormeceu de novo.

O homem tirou do seio um frasquinho de esmeralda. Levou-o aos lábios entreabertos dela: verteu-lhe algumas gotas que ela absorveu sem senti-las. Deitou-a e esperou. Daí a instantes o sono dela era profundíssimo... A bebida era um narcótico onde se misturaram algumas gotas daqueles licores excitantes que acordam a febre nas faces e o desejo voluptuoso no seio.

O homem estava de joelhos: o seu peito tremia, e ele estava pálido como após de uma longa noite sensual. – Tudo parecia vacilar-lhe em torno... Ela estava nua: nem veludo, nem véu leve a encobria: – O homem ergueu-se, afastou o cortinado.

A lâmpada brilhou com mais força – e apagou-se... O homem era Claudius Hermann...

....

Quando me levantei, embucei-me na capa e saí pelas ruas. Queria ir ter a meu palácio, mas estava tonto como um ébrio. Titubeava e o chão era lúbrico como para quem desmaia. Uma ideia contudo me perseguia. – Depois daquela mulher nada houvera mais para mim. Quem uma vez bebeu o suco das uvas purpurinas do paraíso, mais nunca deve inebriar-se do néctar da terra... Quando o mel se esgotasse, o que restava a não ser o suicídio?

Uma semana se passou assim: todas as noites eu bebia nos lábios à dormida um século de gozo. Um mês! o mês em que delirantes iam os bailes do entrudo, em que mais cheia de febre ela adormecia quente, com as faces em fogo!

Uma noite – era depois de um baile – eu esperei-a na alcova, escondido atrás do seu leito. – No copo cheio d'agua que estava junto à sua cabeceira derramara as últimas gotas do filtro, quando entrou ela com o Duque.

Era ele um belo moço! Antes de deixá-la passou-lhe as duas mãos pelas fontes e deu-lhe um beijo. Embevecido daquele beijo, o anjo pendeu a cabeça no ombro dele, e enlaçou-o com seus braços nus reluzentes das pulseiras de pedraria. O duque teve sede, pegou no copo da duquesa, bebeu algumas gotas, ela tomou-lhe o copo – bebeu o resto. Eu os vi assim: aquele esposo ainda tão moço, aquela mulher – ah! e tão bela! – ... de tez ainda virgem – e apertei o punhal...

– Virás hoje, Maffio? disse ela.

– Sim, minha alma.

Um beijo sussurrou, e afogou as duas almas. E eu na sombra sorri: porque sabia que ele não havia de vir –

. . . .

Ele saiu: ela começou a despir-se. Eu lhas vi uma por uma caírem as roupas brilhantes, as flores e as joias – desatarem-se-lhe as tranças luzidias e negras – e depois aparecia no véu branco do roupão transparente como as estátuas de ninfas a meio nuas com as formas desenhadas pela túnica repassada da água do banho.

O que vi – foi o que sonhara e muito, o que vós todos, pobres insanos, idealizastes um dia como a visão dos amores sobre o corpo da vendida! Eram os seios níveos e veiados de azul, trêmulos de desejo, a cabeça perdida entre a chuva de cabelos negros – os lábios arquejantes – o corpo todo palpitante – era a languidez do desalinho, quando o corpo da beleza mais se enche de beleza, e como uma rosa que abre molhada de sereno, mais se expande, mais patenteia suas cores.

O narcótico era fortíssimo: uma sofreguidão febril lhe abria os beiços, extenuada e lânguida caída no leito, com as pálpebras pálidas, os braços soltos e sem força – parecia beijar uma sombra.

. . . .

Ergui-a do leito: carreguei-a com suas roupas diáfanas, suas formas cetinosas, os cabelos soltos úmidos ainda de perfume, seus seios ainda quentes...

Corri com ela pelos corredores desertos: passei pelo pátio – a última porta estava cerrada: abri-a.

Na rua estava um carro de viagem: os cavalos nitriam e escumavam de impaciência. Entrei com ela dentro do carro. – Partimos.

Era tempo. Uma hora depois amanhecia.

Breve estivemos fora da cidade.

A madrugada aí vinha com seus vapores, seus rosais borrifados de orvalho, suas nuvens aveludadas, e as águas salpicadas de ouro e vermelhidão. A natureza corava ao primeiro beijo do sol, como branca donzela ao primeiro beijo do noivo: não como amante afanada de noite voluptuosa como a pintou o paganismo; antes como virgem acordada do sono infantil, meio ajoelhada ante Deus; que ora murmura suas orações balsâmicas – ao céu que se azula – à terra que cintila – às águas que se douram. Essa madrugada baixava à terra como o bafo de Deus: e entre aquela luz e aquele ar fresco a duquesa dormia – pálida como os sonos daquelas criaturas místicas das iluminuras da Idade Média – bela como a Vênus dormida do Ticiano, e voluptuosa como uma das amásias do Veronese.

Beijei-a: eu sentia a vida que se me evaporava nos seus lábios. Ela sobressaltou-se – entreabriu os olhos – mas o peso do sono ainda a acabrunhava, e as pálpebras descoradas se fecharam...

A carruagem corria sempre.

....

O sol estava a prumo no céu – era meio-dia: o calor abafava: pela fronte, pelas faces, pelo colo da duquesa rolavam gotas de suor como aljôfares de um colar roto... Paramos numa estalagem: lancei-lhe sobre a face um véu, tomei-a nos meus braços, e levei-a a um aposento.

Ela devia ser muito bela assim! os criados paravam nos corredores: era assombro de tanta beleza, mais ainda que curiosidade indiscreta.

A dona da casa chegou-se a mim.

– Senhor, vossa esposa ou irmã, quem quer que ela seja, decerto precisará de uma criada que a sirva...

– Deixai-me: ela dorme. Foi essa a minha única resposta.

Deitei-a no leito: corri os cortinados, cerrei as janelas para que a luz lhe não turbasse o sono. Não havia ali ninguém que nos visse; estávamos sós, o homem e seu anjo, e a criatura da terra ajoelhou-se ao pé do leito da criatura do céu.

Não sei quanto tempo correu assim: não sei se dormia, mas sei que sonhava muito amor e muita esperança: não sei se velava, mas eu a via sempre ali, eu lhe contemplava cada movimento gracioso do dormir: eu estremecia a cada alento que lhe tremia os seios – e tudo me parecia um sonho – um desses sonhos a que a alma se abandona como um cisne, que modorra, ao tom das águas... Não sei quanto tempo correu assim: sei só que o meu delíquio quebrou-se: a duquesa estava sentada sobre o leito: com os braços nus afastava as ondas do cabelo solto que lhe cobria o rosto e o colo.

– É um sonho? murmurou. – Onde estou eu? quem é esse homem encostado em meu leito?

O homem não respondeu.

Ela desceu da cama: seu primeiro impulso foi o pudor: quis encobrir com as mãozinhas os seios palpitantes de susto. Sentiu-se quase nua, exposta às vistas de um estranho — e tremia como contam os poetas que tremera Diana ao ver-se exposta, no banho, nua às vistas de Actéon.

— Senhor, dizei-me por compaixão, se tudo isso não é uma ilusão... se não fora uma infâmia! Nem quero pensá-lo. Maffio não deve tardar, não é assim? o meu Maffio!... Tudo isso é uma comédia... Mas que alcova é esta? Eu adormeci no meu palácio... como despertei numa sala desconhecida? dizei, tudo isso é um brinco de Maffio? quer se rir de mim?... Mas, vede, vede, eu tremo, tenho medo.

O homem não respondia: tinha os olhos a fito naquela forma divina: seria a estátua da paixão na palidez, no olhar imóvel, nos lábios sedentos, se o arfar do peito lhe não denunciasse a vida.

Ela ajoelhou-se: nem sei o que ela dizia. Não sei que palavras se evaporavam daqueles lábios: eram perfumes, porque as rosas do céu só têm perfumes: eram harmonias, porque as harpas do céu só têm harmonias, e o lábio da mulher bela é uma rosa divina, e seu coração é uma harpa do céu. Eu a escutava, mas não a entendia: sentia só que aquelas falas eram muito doces, que aquela voz tinha um talismã irresistível para minh'alma, porque só nos meus sonhos de infante que se ilude de amores, uma voz assim me passara. Os gemidos de duas virgens abraçadas no céu, douradas da luz da face de Deus, empalidecidas pelos beijos mais puros, pelo tremuloso dos abraços mais palpitantes – não seriam tão suaves assim!

A moça chorava, soluçava: por fim ela ergueu-se.

Eu a vi correr à janela, ia abri-la... Eu corri a ela e tomei-a pelas mãos...

– Pois bem, disse ela, eu gritarei... se não for um deserto, se alguém passar por aqui... talvez me acudam... socor...

Eu tapei-lhe a boca com as mãos...

– Silêncio, senhora!

Ela lutava para livrar-se de minhas mãos: por fim sentiu-se enfraquecida. Eu soltei-a de pena dela.

– Então, dizei-me onde estou – dizei-mo, ou eu chamarei por socorro...

– Não gritareis, senhora!

– Por compaixão então esclarecei-me nesta dúvida: por que tudo isso que eu vejo? Tudo o que penso, o que adivinho é muito horrível!

– Escutai pois, disse-lhe eu. Havia uma mulher... era um anjo. Havia um homem que a amava, como as águas amam a lua que as prateia, como as águias da montanha o sol que as fita, que as enche de luz e de amor. Nem sei quem ele era: ergueu-se um dia de uma vida de febre, esqueceu-a; e esqueceu o passado, adiante de uns olhos transparentes de mulher, as manchas de sua história, numa aurora de gozos, onde se lhe desenhava a sombra desse anjo... Escutai: não o amaldiçoeis! Esse homem tinha muita infâmia no passado: profanara sua mocidade – prostituíra-a – como a borboleta de ouro a sua geração, lançando-a no lodo: frio, sem crenças, sem esperanças, abafara uma por uma suas ilusões, como a infanticida seus filhos... Deus o tinha amaldiçoado talvez!

ou ele mesmo se amaldiçoara... Esquecera que era homem, e tinha no seu peito harmonias santas como as do poeta... ele as esquecera, e elas dormiam-lhe no mistério como os suspiros nas cordas de uma guitarra abandonada. Esquecera que a natureza era bela e muito bela, que o leito das flores da noite era recendente, que a lua era a lâmpada dos amores, as aragens do vale, os perfumes do poeta no seu noivado com os anjos, e que a aurora tinha eflúvios frescos, e com suas nuvens virginais, suas folhas molhadas de orvalho, suas águas nevoentas tinha encantos que só as almas puras entendem! Tudo isso enjeitou, esqueceu... para só lembrar a furto e com escárnio nas horas suarentas da devassidão... Ele era muito infame!

– Mas tudo isso não me diz quem sois vós... nem por que estou aqui.

– Escutai. – O libertino amou pois o anjo, voltou o rosto ao passado, despiu-se dele como de um manto impuro. Retemperou-se no fogo do sentimento, apurou-se na virgindade daquela visão – porque ela era bela como uma virgem, e refletia essa luz virgem do espírito, nesse brilho d'alma divina que alumia as formas – que não é da terra, mas do céu. Ainda o tempo não eivara o coração do insano de uma lepra sem cura: nem selo inextinguível lhe gravara na fronte – *impureza*! Deixou-se do viver que levara, desconheceu seus companheiros, suas amantes venais, suas insônias cheias de febre: quis apagar todo o gosto da existência, como o homem que perdeu uma fortuna inteira no jogo quer esquecer a realidade.

E o homem pôde esquecer tudo isto. Mas ele não era ainda feliz. As noites passava-as ao redor do palácio dela: via-a às vezes bela e descorada ao luar, no terraço deserto, ou distinguia suas formas na sombra que passava pelas cortinas da janela aberta de seu quarto iluminado. Nos bailes seguia com olhares de inveja aquele corpo que palpitava nas danças. No teatro, entre o arfar das ondas da harmonia, quando o êxtase boiava naquele ambiente balsâmico e luminoso, ele nada via senão ela – e só ela! E as horas de seu leito – suas horas de sono não, que mal as dormia às vezes – eram longas de impaciência e insônia, – outras vezes eram curtas de sonhos ardentes! O pobre insano teve um dia uma ideia; era negra sim, mas era a da ventura. O que fez não sei: nem o sabereis nunca. E depois bastante ébrio para vos sonhar, bastante louco para nos sonhos de fogo de seu delírio imaginar gozar-vos, foi profano assaz para roubar a um templo o cibório d'ouro mais puro. – Esse homem – tende compaixão dele, que ele vos amará de joelhos... O anjo, Eleonora...

– Meu Deus! meu Deus! por que tanta infâmia, tanto lodo sobre mim? Ó minha Madona! por que maldissestes minha vida, por que deixastes cair na minha cabeça uma nódoa tão negra?

As lágrimas, os soluços abafavam-lhe a voz.

– Perdoai-me, senhora, aqui me tendes a vossos pés! tende pena de mim, que eu sofri muito, que amei-vos, que vos amo muito! Compaixão! que serei vosso escravo: beijarei vossas plantas – ajoelhar-me-ei à noite à vossa porta – ouvirei vosso ressonar, vossas orações, vossos sonhos – e isso me bastará — serei vosso escravo e vosso cão: deitar-me-ei a vossos pés quando estiverdes acordada, velarei com meu punhal quando a noite cair: se algum dia, se algum dia vós me puderdes amar — então! então!...

— Oh! deixai-me! deixai-me!...

— Eleonora! Eleonora! Perder noites e noites numa esperança! Alentá-la no peito como uma flor que murcha de frio — alentá-la, revivê-la cada dia — para vê-la desfolhada sobre meu rosto! Absorver-me em amor e só ter irrisão e escárnio? Dizei antes ao pintor que rasgue sua Madona, ao escultor que despedace a sua estátua de mulher.

Louca, pobre louca que sois! credes que um homem havia de encarnar um pensamento em sua alma, viver desse cancro, embeber-se da vitalidade da dor, para depois rasgá-lo do seio? Credes que ele consentiria que se lhe pisasse no coração, que lhe arrancassem — a ele poeta e amante, da coroa de ilusões — as flores uma por uma? que pela noite da desgraça, a seu amor insano de mãe lhe sufocassem sobre o seio a criatura de seu sangue, o filho de sua vida, a esperança de suas esperanças?

— Oh! e não tereis vós também dó de mim? Não sabeis-lo? isto é infame! sou uma pobre mulher. De joelhos eu vos peço perdão se vos ofendi... Eu vo-lo peço, deixai-me! que me importam vossos sonhos, vosso amor?

Doía-me profundamente aquela dor: aquelas lágrimas me queimavam. Mas minha vontade fez-se rija e férrea como a fatalidade.

— Que te importam meus sonhos, que te importam meus amores? Sim, tens razão! Que importa à água do deserto, à gazela do areal que o Árabe tenha sede ou que o leão tenha fome? Mas a sede e a fome são fatais. O amor é como eles. — Entendes-me agora?

— Matai-me então! Não tereis um punhal! uma punhalada pelo amor de Deus! Eu juro, eu vos abençoarei...

— Morrer! e pensas no morrer! Insensata! — descer do leito morno do amor à pedra fria dos mortos! Nem sabes o que dizes. Sabes o que é essa palavra – morrer? É a dúvida que afana a existência: é a dúvida, o pressentimento que resfria a fronte do suicida, que lhe passa nos cabelos como um vento de inverno, e nos empalidece a cabeça como Hamlet! Morrer! é a cessação de todos os sonhos, de todas as palpitações do peito, de todas as esperanças! É estar peito a peito com nossos antigos amores e não senti-los! Doida! é um noivado medonho o do verme: um lençol bem negro, o da mortalha! Não fales nisso: por que lembrar o coveiro junto ao leito da vida? põe a mão no teu coração – bate – e bate com força como o feto nas entranhas de sua mãe. Há aí dentro muita vida ainda: muito amor por amor, muito fogo por viver! Oh! se tu quisesses amar-me!

Ela escondeu a cabeça nas mãos e soluçou.

– É impossível: eu não posso amar-vos!

Eu disse-lhe:

– Eleonora, ouve-me: deixo-te só; velarei contudo sobre ti daquela porta. Resolve-te: seja uma decisão firme sim, mas pensada. Lembra-te que hoje não poderás voltar ao mundo: o duque Maffio seria o primeiro que fugiria de ti: a torpeza do adultério senti-la-ia ele nas tuas faces; creria roçar na tua boca a umidade de um beijo de estranho. – E ele te amaldiçoaria! Vê: além a maldição e o escárnio: a irrisão das outras mulheres, a zombaria vingativa daqueles que te amaram e que não amaste. Quando entrares, dir-se-á: ei-la! arrependeu-se! o marido – pobre dele! – perdoou-a... As mães te esconderão suas filhas – as esposas honestas terão pejo de tocar-te... E aqui, Eleonora, aqui terás meu peito e meu amor – uma vida só para ti: um homem que só pensará em ti e sonhará sempre contigo: um homem cujo mundo serás tu, serão teus risos, teus olhares, teus amores: que se esquecerá de *ontem* e de *amanhã* para fazer como um Deus de ti a sua Eternidade. Pensa, Eleonora! se quisesses, partiríamos hoje: uma vida de venturas nos espera. Sou muito rico, bastante para adornar-te como uma rainha. – Correremos a Europa, iremos ver a França com seu luxo, a Espanha, onde o clima convida ao amor, onde as tardes se embalsamam nos laranjais em flor, onde as campinas se aveludam e se matizam de mil flores – iremos à Itália, à tua pátria – e no teu céu azul, nas tuas noites límpidas, nos teus crepúsculos suavíssimos viver de novo ao sol meridional!... Se quiseres... senão seria horrível... não sei o que aconteceria: mas quem entrasse neste quarto levaria os pés ensopados de sangue...

Saí: duas horas depois voltei.

– Pensaste, Eleonora?

Ela não respondeu. Estava deitada com o rosto entre as mãos. À minha voz ergueu-se. Havia um papel molhado de suas lágrimas sobre o leito. Estendi a mão para tomá-lo – ela entregou-mo.

Eram uns versos meus. – Olhei para a mesa, minha carteira de viagem, que eu trouxera do carro, estava aberta: os papéis eram revoltos. Os versos eram estes:

Claudius tirou do bolso um papel amarelado e amarrotado: atirou-o na mesa. Johann leu:

Não me odeies, mulher, se no passado
Nódoa sombria desbotou-me a vida:
No vício ardente requeimando os lábios
E de tudo descri com fronte erguida.

A masc'ra de Don Juan queimou-me o rosto
Na fria palidez do libertino:
Desbotou-me esse olhar – e os lábios frios
Ousam de maldizer meu destino.

Sim! longas noites no fervor do jogo
Esperdicei febril e macilento:
E votei o porvir ao Deus do acaso
E o amor profanei no esquecimento!

Murchei no escárnio as c'roas do poeta
Na ironia da glória e dos amores:
Aos vapores do vinho, à noite insano
Debrucei-me do jogo nos fervores!

A flor da mocidade profanei-a
Entre as águas lodosas do passado...

No crânio a febre, a palidez nas faces
Só cria no sepulcro sossegado!

E asas límpidas do anjo em colo impuro
Mareei – nos bafos da mulher vendida:
Inda nos lábios me roxeia o selo
Dos ósculos da perdida.

E a mirra das canções nem mais vapora
Em profanada taça eivada e negra:
Mar de lodo passou-me ao rio d'alma
As níveas flores me estalou das bordas.
Sonho de glórias só me passa a furto
Qual flor aberta a medo em chão de tumbas
– Abatida e sem cheiro...

O meu amor... o peito o silencia:
Guardo-o bem fundo – em sombras do sacrário,
Onde ervaçal não se abastou nos ermos.
Meu amor... foi visão de roupas brancas
Da orgia à porta, fria e soluçando:
Lâmpada santa erguida em leito infame:

Vaso templário da taverna à mesa:
Estrela-d'alva refletindo pálida
No tremedal do crime.

Como o leproso das cidades velhas
Sei me fugiras com horror aos beijos
Sei, no doido viver dos loucos anos
As crenças desflorei em negra insânia:
– Vestal, prostituí as formas virgens
– Lancei eu próprio ao mar da c'roa as folhas
– Troquei a rósea túnica da infância
Pelo manto das orgias.

Oh! não me ames sequer! Pois bem! um dia
Talvez diga o Senhor ao podre Lázaro:
Ergue-te – aí do lupanar da morte
Revive ao fresco do viver mais puro!
E viverei de novo: a mariposa
Sacode as asas, estremece-as, brilha
Despindo a negra tez, a baba imunda
Da larva desbotada.

Então, mulher – acordarei: do lodo
Onde Satã se pernoitou comigo
Onde inda morno perfumou seu molde
Cetinosa nuez de formas níveas.
E a loira meretriz nos seios brancos
Deitou-me a fronte lívida, na insônia
Quedou-me a febre da volúpia à sede
Sobre os beijos vendidos.

E então acordarei ao sol mais puro,
Cheirosa a fronte às auras da esperança!
Lavarei-me da fé nas águas d'ouro
De Madalena em lágrimas – e ao anjo
Talvez que Deus me dê, curvado e mudo
Nos eflúvios do amor libar um beijo
Morrer nos lábios dele!

. . . .

Ela calou-se: chorava e gemia.
Acerquei-me dela: ajoelhei-me como ante Deus.
– Eleonora – sim ou não?

Ela voltou o rosto para o outro lado, quis falar – interrompia-se a cada sílaba.

– Esperai, deixai que ore um pouco: a Madona talvez me perdoe.

Esperava eu sempre. – Ela ajoelhou-se.

– Agora… disse ela erguendo-se e estendendo-me a sua mão.

– Então?

– Irei contigo.

E desmaiou.

· ·

Aqui parou a história de Claudius Hermann.

Ele abaixou a cabeça na mesa: não falou mais.

– Dormes, Claudius? por Deus! ou está bêbado ou morto!

Era Archibald que o interpelava: sacudia-o a toda a força.

Claudius levantou um pouco a cabeça: estava macilento: tinha os olhos fundos numa sombra negra.

– Deixai-me, amaldiçoados! deixai-me pelo céu ou pelo inferno! Não vedes que tenho sono – sono e muito sono?

– E a história, a história? bradou Solfieri.

– E a duquesa Eleonora? perguntou Archibald.

– É verdade... a história. Parece-me que olvidei tudo isso. Parece que foi um sonho!

– E a Duquesa?

– A Duquesa?... Parece-me que ouvi esse nome alguma vez... Com os diabos, que me importa?

Aí quis prosseguir: mas uma força invencível o prendia.

– A Duquesa... é verdade! Mas como esqueci tudo isso que não me alembro!...Tirai-me da cabeça esse peso... bofé que encheram-me o crânio de chumbo derretido!... e ele batia na cabeça macilenta como um médico no peito do agonizante para encontrar um eco de vida.

– Então?

– Ah! ah! ah! gargalhou alguém que tinha ficado estranho à conversa.

– Arnold! cala-te!

– Cala-te antes, Solfieri! eu contarei o fim da história.

Era Arnold-o-loiro que acordava.

– Escutai vós todos, disse.

Um dia Claudius entrou em casa. Encontrou o leito ensopado de sangue: e num recanto escuro da alcova um doido abraçado com um cadáver. O cadáver era o de Eleonora: o doido nem o pudéreis conhecer tanto a agonia o desfigurara. Era uma cabeça hirta e desgrenhada, uma tez esverdeada, uns olhos fundos e baços onde o lume da insânia cintilava a furto como a emanação luminosa dos pauis entre as trevas...

Mas ele o conheceu... Era o Duque Maffio...

Claudius soltou uma gargalhada. – Era sombria como a insânia – fria como a espada do anjo das trevas. Caiu ao chão: lívido e suarento como a agonia: inteiriçado como a morte...

Estava ébrio como o defunto Patriarca Noé, o primeiro amante da vinha, virgem desconhecida até então, e hoje prostituta de todas as bocas...

ébrio como Noé o primeiro borracho de que reza a história! Dormia pesado e fundo como o Apóstolo S. Pedro no Horto das Oliveiras... o caso é que ambos tinham ceado à noite.

Arnold estendeu a capa no chão e deitou-se sobre ela.

Daí a alguns instantes os seus roncos de barítono se mesclavam ao magno concerto dos roncos dos dormidos...

VI

Johann

Por quoi? c'est que mon coeur au milieu des délices
  D'un souvenir jaloux constamment oppressé
Froid au bonheur présent va chercher ses supplices
  Dans l'avenir et le passé.

Dumas

— **Agora a minha vez!** Quero lançar também uma moeda em vossa urna: é o cobre azinhavrado do mendigo: pobre esmola por certo!

Era em Paris, num bilhar. Não sei se o fogo do jogo me arrebatara, ou se o Kirsch e o Curaçau me queimaram demais as ideias... Jogava contra mim um moço: chamava-se Arthur.

Era uma figura loira e mimosa como a de uma donzela. Rosa infantil lhe avermelhava as faces, mas era uma rosa de cor desfeita. Leve buço lhe sombreava o lábio, e pela oval do rosto uma penugem doirada lhe assomava como a felpa que rebuça o pêssego.

Faltava um ponto a meu adversário para ganhar. A mim, faltavam-me não sei quantos: sei só que eram muitos: e pois requeria-se um grande sangue-frio, e muito esmero no jogar.

Soltei a bola. – Nessa ocasião o bilhar estremeceu... O moço loiro voluntariamente ou não se encostara ao bilhar... A bola desviou-se, mudou de rumo: com o desvio dela perdi... A raiva levou-me de vencida. Adiantei-me para ele. A meu olhar ardente o mancebo sacudiu os cabelos loiros e sorriu como d'escárnio.

Era demais! Caminhei para ele: ressoou uma bofetada. O moço convulso caminhou para mim com um punhal, mas nossos amigos nos sustiveram.

– Isso é briga de marujo. O duelo, eis a luta dos homens de brio.

O moço rasgou nos dentes uma luva, e atirou-ma à cara. Era insulto por insulto; lodo por lodo: tinha de ser sangue por sangue. Meia hora depois tomei-lhe a mão com sangue-frio e disse-lhe no ouvido:

– Vossas armas, senhor?
– Sabê-las-ei no lugar.
– Vossas testemunhas?
– A noite e minhas armas.
– A hora?
– Já.
– O lugar?

– Vireis comigo: onde pararmos, aí será o lugar...
– Bem, muito bem: estou pronto, vamos.

Dei-lhe o braço e saímos. Ao ver-nos tão frios a conversar creram uma satisfação. Um dos assistentes contudo entendeu-nos.

Chegou a nós e disse:

– Senhores, não há pois meio de conciliar-vos?

Nós sorrimos ambos.

– É uma criançada, tornou ele.

Nós não respondemos.

– Se precisardes de uma testemunha, estou pronto.

Nós nos curvamos ambos.

Ele entendeu-nos: viu que a vontade era firme: afastou-se.

Nós saímos.

· ·

Um hotel estava aberto. O moço levou-me para dentro.

– Moro aqui, entrai, disse-me. Entramos.

— Senhor, disse ele, não há meio de paz entre nós: um bofetão e uma luva atirada às faces de um homem são nódoas que só o sangue lava. É pois um duelo de morte.

— De morte — repeti como um eco.

— Pois bem: tenho no mundo só duas pessoas — minha mãe e... Esperai um pouco.

O moço pediu papel, pena e tinta. Escreveu: as linhas eram poucas. Acabando a carta deu-ma a ler.

— Vede — não é uma traição: disse.

— Arthur, creio em vós: não quero ler esse papel.

Repeli o papel. Arthur fechou a carta, selou o lacre com um anel que trazia no dedo. Ao ver o anel uma lágrima correu-lhe na face, e caiu sobre a carta.

— Senhor, sois um homem de honra? Se eu morrer, tomai esse anel: no meu bolso achareis uma carta: entregareis tudo a... Depois dir-vos-ei a quem...

— Estais pronto? perguntei.

— Ainda não! antes de um de nós morrer é justo que brinde o moribundo ao último crepúsculo da vida. Não sejamos Abissínios: demais o sol no cinábrio do poente ainda é belo.

O vinho do Reno correu em águas d'ouro nas taças de cristal verde. O moço ergueu-se.

– Senhor, permite que eu faça uma saúde convosco.

– A quem?

– É um mistério – é uma mulher, e o nome daquela que se apertou uma vez nos lábios, a quem se ama é um segredo. Não a fareis?

– Seja como quiserdes, disse eu.

Batemos os copos. O moço chegou à janela. Derramou algumas gotas de vinho do Reno à noite. Bebemos.

– Um de nós fez a sua última saúde – disse ele. Boa-noite para um de nós: bom leito, e sonos sossegados para o filho da terra!

Foi a uma secretária, abriu-a: tirou duas pistolas.

– Isto é mais breve, disse ele. Pela espada é mais longa a agonia. Uma delas está carregada, a outra não. Tirá-las-emos à sorte. Atiraremos à queima-roupa.

– É um assassinato...

– Não dissemos que era um duelo de morte, que um de nós devia morrer?

– Tendes razão. Mas dizei-me: onde iremos?

– Vinde comigo. Na primeira esquina deserta dos arrabaldes. Qualquer canto de rua é bastante sombrio para dois homens dos quais um tem de matar o outro.

À meia-noite estávamos fora da cidade. Ele pôs as duas pistolas no chão.

– Escolhei, mas sem tocá-las.

Escolhi.

– Agora vamos, disse eu.

– Esperai, tenho um pressentimento frio: e uma voz suspirosa me geme no peito. Quero rezar... é uma saudade por minha mãe.

Ajoelhou-se. À vista daquele moço de joelhos – talvez sobre um túmulo – lembrei-me que eu também tinha mãe – e uma irmã... e que eu as esquecia. Quanto a amantes, meus amores eram como a sede dos cães das ruas, saciavam-se na água ou na lama... Eu só amara mulheres perdidas.

— É tempo, disse ele.

Caminhamos frente a frente. As pistolas se encostaram nos peitos. — As espoletas estalaram; um tiro só estrondou: ele caiu quase morto...

— Tomai, murmurou o moribundo, e acenava-me para o bolso.

Atirei-me a ele. Estava afogado em sangue. Estrebuchou três vezes e ficou frio... Tirei-lhe o anel da mão — Meti-lhe a mão no bolso como ele o dissera. Achei dois bilhetes.

A noite era escura: não pude lê-los.

Voltei à cidade. À luz baça do primeiro lampião vi os dois bilhetes. O primeiro era a carta para sua mãe. O outro estava aberto: li.

"A uma hora da noite na rua de... nº 60 — 1º andar: acharás a porta aberta.

G."

Não tinha outra assinatura.

Eu não soube o que pensar. Tive uma ideia: era uma infâmia.

Fui à entrevista. Era no escuro. Tinha no dedo o anel que trouxera do morto... Senti uma mãozinha acetinada tomar-me pela mão: subi. – A porta fechou-se.

Foi uma noite deliciosa! A amante do loiro – era virgem! Pobre Romeu! Pobre Julieta! Parece que essas duas crianças levavam as noites em beijos infantis e em sonhos puros!

(Johann encheu o copo: bebeu-o, mas estremeceu.)

Quando eu ia sair, topei um vulto à porta.

– Boa noite, cavalheiro, eu vos esperava há muito.

Essa voz pareceu-me conhecida. Porém eu tinha a cabeça desvairada...

Não respondi: o caso era singular. Continuei a descer: o vulto acompanhou-me. Quando chegamos à porta vi luzir a folha de uma faca. Fiz um movimento e a lâmina resvalou-me no ombro. A luta fez-se terrível na escuridão. Eram dois homens que se não conheciam; que não pensavam talvez terem-se visto um dia à luz, e que não haviam mais ver-se porventura ambos vivos.

O punhal escapou-lhe das mãos, perdeu-se no escuro: subjuguei-o. Era um quadro infernal, um homem na escuridão abafando a boca do outro, com a mão, sufocando-lhe a garganta com o joelho, e a outra mão a tatear na sombra procurando um ferro.

Nessa ocasião senti uma dor horrível: frio e dor me correram pela mão. O homem morrera sufocado, e na agonia me enterrara os dentes pela carne. Foi a custo que desprendi a mão sanguenta e descarnada da boca do cadáver. Ergui-me.

Ao sair tropecei num objeto sonoro. Abaixei-me para ver o que era. Era uma lanterna furta-fogo. Quis ver quem era o homem. Ergui a lâmpada...

O último clarão dela banhou a cabeça do defunto... e apagou-se...

Eu não podia crer: era um sonho fantástico toda aquela noite. Arrastei o cadáver pelos ombros... levei-o pela laje da calçada até ao lampião da rua, levantei-lhe os cabelos ensanguentados do rosto... (um espasmo de medo contraiu horrivelmente a face do narrador — tomou o copo, foi beber: os dentes lhe batiam como de frio: o copo estalou-lhe nos lábios).

Aquele homem — sabeis-lo! era do sangue do meu sangue — era filho das entranhas de minha mãe como eu — era meu irmão: uma ideia passou ante meus olhos como um anátema. Subi ansioso ao sobrado. Entrei. A moça desmaiara de susto ouvindo a luta. Tinha a face fria como mármore. Os seios nus e virgens estavam parados e gélidos como os de uma estátua... A forma de neve eu a sentia meia nua entre os vestidos desfeitos, onde a infâmia asselara a nódoa de uma flor perdida.

Abri a janela — levei-a até aí...

Na verdade que sou um maldito! Olá, Archibald, dai-me um outro copo, enchei-o de conhaque, enchei-o até a borda! Vedes: sinto frio, muito frio: tremo de calafrios e o suor me corre nas faces! Quero o fogo dos espíritos! a ardência do cérebro ao vapor que tonteia... quero esquecer!

– Que tens, Johann? tiritas como um velho centenário!
– O que tenho? o que tenho? Não o vedes pois? Era minha irmã!

VII

Último beijo de amor

Well Juliet! I shall lie with thee to night!

Shakespeare, *Romeu e Julieta*

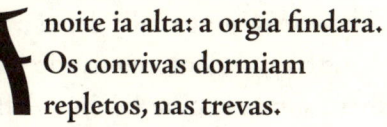

A noite ia alta: a orgia findara. Os convivas dormiam repletos, nas trevas.

Uma luz raiou súbito pelas fisgas da porta. A porta abriu-se. Entrou uma mulher vestida de negro. Era pálida, e a luz de uma lanterna, que trazia erguida na mão, se derramava macilenta nas faces dela e dava-lhe um brilho singular aos olhos. Talvez que um dia fosse uma beleza típica, uma dessas imagens que fazem descorar de volúpia nos sonhos de mancebo. Mas agora com sua tez lívida, seus olhos acesos, seus lábios roxos, suas mãos de mármore, e a roupagem escura e gotejante da chuva, disséreis antes – o anjo perdido da loucura.

A mulher curvou-se: com a lanterna na mão procurava uma por uma entre essas faces dormidas um rosto conhecido.

Quando a luz bateu em Arnold, ajoelhou-se. Quis dar-lhe um beijo – alongou os lábios... Mas uma ideia a susteve. Ergueu-se. Quando chegou a Johann, que dormia, um riso embranqueceu-lhe os beiços: o olhar tornou-se-lhe sombrio.

Abaixou-se junto dele: depôs a lâmpada no chão. O lume baço da lanterna dando nas roupas dela espalhava sombra sobre Johann. A fronte da mulher pendeu – e sua mão pousou na garganta dele. – Um soluço rouco e sufocado ofegou daí. A desconhecida levantou-se. Tremia, e ao segurar na lanterna ressoou-lhe na mão um ferro... era um punhal... atirou-o ao chão. Viu que tinha as mãos vermelhas – enxugou-as nos longos cabelos de Johann...

Voltou a Arnold; sacudiu-o.

– Acorda e levanta-te!
– Que me queres?
– Olha-me: não me conheces?
– Tu! e não é um sonho? És tu! oh! deixa que eu te aperte ainda! Cinco anos sem ver-te! Cinco anos! E como mudaste!
– Sim: já não sou bela como há cinco anos! É verdade, meu loiro amante! É que a flor de beleza é como todas as flores. Alentai-as ao orvalho da virgindade, ao vento da pureza – e serão belas. – Revolvei-as no lodo – e como os frutos que caem, mergulham nas águas do mar, cobrem-se de um

invólucro impuro e salobro! Outrora era Giórgia a virgem: mas hoje é Giórgia, a prostituta!

– Meu Deus! meu Deus!

E o moço sumiu a fronte nas mãos.

– Não me amaldiçoes, não!

– Oh! deixa que me lembre; estes cinco anos que passaram foram um sonho. Aquele homem do bilhar, o duelo à queima-roupa, meu acordar num hospital, essa vida devassa onde me lançou a desesperação, isto é um sonho? Oh! lembremo-nos do passado! Quando o inverno escurece o céu, cerremos os olhos; pobres andorinhas moribundas, lembremo-nos da primavera!...

– Tuas palavras me doem... É um adeus, é um beijo de adeus e separação que venho pedir-te: na terra nosso leito seria impuro, o mundo manchou nossos corpos. O amor do libertino e da prostituta! Satã riria de nós. É no céu, quando o túmulo nos lavar em seu banho, que se levantará nossa manhã de amor...

– Oh! ver-te e para deixar-te ainda uma vez! E não pensaste, Giórgia, que me fora melhor ter morrido devorado pelos cães na rua deserta, onde me levantaram cheio de sangue? Que fora-te melhor assassinar-me no dormir do ébrio, do que apontar-me a estrela errante da ventura e apagar-me a do céu? Não pensaste que, após cinco anos, cinco anos de febre e de insônias de esperar e desesperar, de vida por ti, de saudades e agonia, fora o inferno ver-te para deixar-te?

— Compaixão, Arnold! É preciso que esse adeus seja longo como a vida. Vês, minha sina é negra: nas minhas lembranças há uma nódoa torpe... hoje! é o leito venal... amanhã!... só espero no leito do túmulo! Arnold! Arnold!

— Não me chames Arnold! chama-me Arthur como dantes. Arthur! não ouves? Chama-me assim! Há tanto tempo que não ouço me chamarem por esse nome!... Eu era um louco: quis afogar meus pensamentos, e vaguei pelas cidades e pelas montanhas deixando em toda a parte lágrimas — nas cavernas solitárias, nos campos silenciosos, e nas mesas molhadas de vinho! Vem, Giórgia! senta-te aqui, senta-te nos meus joelhos — bem conchegada a meu coração... tua cabeça no meu ombro! Vem! um beijo! quero sentir ainda uma vez o perfume que respirava outrora nos teus lábios. – Respire-o eu e morra depois!... Cinco anos! oh! tanto tempo a esperar-te, a desejar uma hora no teu seio!... Depois... escuta... tenho tanto a dizer-te! tantas lágrimas a derramar no teu colo! Vem! e dir-te-ei toda a minha história! Minhas ilusões de amante, e as noites malditas da crápula, e o tédio que me inspiravam aqueles beiços frios das vendidas que me beijavam! Vem! contar-te-ei tudo isso: dir-te-ei como profanei minha alma, e meu passado: e choraremos juntos – e nossas lágrimas nos lavarão como a chuva lava as folhas do lodo!

– Obrigada, Arthur! obrigada!

A mulher sufocava-se nas lágrimas, e o mancebo murmurava entre beijos palavras de amor.

– Escuta, Arthur, eu vinha só dizer-te – adeus! – da borda do meu túmulo: e depois contente fecharia eu mesma a porta dele... Arthur, eu vou morrer!

Ambos choravam.

– Agora vê, continuou ela. – Acompanha-me: vês aquele homem?

Arnold tomou a lanterna.

– Johann! morto! sangue de Deus! quem o matou?

– Giórgia. Era ele um infame. Foi ele quem deixou por morto um mancebo a quem esbofeteara numa casa de jogo. Giórgia prostituta vingou nele Giórgia, a virgem. Esse homem foi quem a desonrou! desonrou-a, a ela que era sua irmã!

– Horror! horror!

E o moço virou a cara e cobriu-a com as mãos.

A mulher ajoelhou-se a seus pés.

– E agora adeus! Adeus que morro! Não vês que fico lívida, que meus olhos se empanam, e tremo... e desfaleço?

– Não! eu não partirei. Se eu vivesse amanhã haveria uma lembrança horrível em meu passado...

– E não tens medo? Olha! é a morte que vem! é a vida que crepuscula em minha fronte. Não vês esse arrepio entre minhas sobrancelhas?...

— E que me importa o sonho da morte? Meu porvir amanhã seria terrível: e à cabeça apodrecida do cadáver não ressoam lembranças; seus lábios gruda-os a morte: a campa é silenciosa. Morrerei!

A mulher recuava... recuava. O moço tomou-a nos braços, pregou os lábios nos dela... Ela deu um grito, e caiu-lhe das mãos. Era horrível de ver-se. O moço tomou o punhal, fechou os olhos, apertou-o no peito, e caiu sobre ela. Dois gemidos sufocaram-se no estrondo do baque de um corpo...

A lâmpada apagou-se.

Posfácio

*A alegoria da taverna:
o romantismo e a imaginação
gótica de Álvares de Azevedo*

Ana Rüsche

ಬ

IMPOSSÍVEL LER ÁLVARES DE AZEVEDO E NÃO LA-mentar sua morte precoce. Dono de um senso crítico notável, uma ampla bagagem de leitura e uma verve apaixonada, deixou-nos aos 20 anos. O desconsolo só não é maior porque sua obra ainda ressoa muito vívida. Em especial, *Noite na taverna*, que chega ao século XXI com sua força contracultural preservada, ainda capaz de chocar, horrorizar e seduzir quem lê. É uma obra póstuma, provavelmente escrita entre 1850 e 1852 e publicada em 1855, segundo a especialista Cilaine Alves Cunha.[1]

Manoel Antônio Álvares de Azevedo, "Maneco" para os mais próximos, apesar de nascido em São Paulo, morou boa parte da vida no Rio

---

1 Cilaine Alves Cunha. *A fundação da literatura brasileira em* Noite na taverna. *Itinerários*, Araraquara, n. 22, 2004, pp. 115-133.

de Janeiro. Quando voltou para a cidade natal como estudante, a cena parecia-lhe terrível, conforme confessa em carta de 1849: "Nunca vi lugar tão insípido, como hoje está São Paulo. Nunca vi coisa mais tediosa e mais inspiradora de *spleen*", escreve Maneco. E arremata: "A vida aqui é um bocejar infindo"[2]. A literatura terminou sendo uma arte que o ajudava a driblar esse imenso tédio: o escritor produziu grande parte de sua obra quando estudava direito, entre 1848 e 1852. Hoje a Faculdade de Direito da Universidade de São Paulo presta-lhe homenagem: no largo São Francisco, 95, é possível ler, no arco de entrada do prédio, uma inscrição com seu nome.

Ávido leitor, frisou suas referências em epígrafes e em passagens, como se precisasse atestar, carimbar e certificar suas filiações: Alfred de Musset, E.T.A. Hoffmann, George Sand, Johann Wolfgang von Goethe, Percy Bysshe Shelley e Victor

---

2 Álvares de Azevedo. *Obra completa*. Rio de Janeiro: Nova Aguilar, 2000.

Hugo, entre outras. Exagerado e sanguíneo, terminou produzindo uma obra na qual a contenção é rara, o que lhe valeu uma perfeita constatação de Antonio Candido: não é possível apreciá-la moderadamente[3], provocando reações acaloradas também na crítica. A febre de sua escrita também pede uma adolescência em nossa leitura, um pacto de rebeldia mútua entre os dois lados da página. O crítico irá afirmar que, em contraste com Gonçalves Dias ou Castro Alves, Álvares de Azevedo "penetrou, todavia, mais fundo que ambos, no âmago do espírito romântico"[4], aprofundando o individualismo dramático, rasgando normas sociais até atingir uma nova fronteira estética, lançando-se bem longe daquele miserável cotidiano enfadonho da cidadezinha em que se encontrava.

A paixão de nosso jovem escritor em *Noite na taverna* termina sendo uma forma de chacoalhar

---

3 Antonio Candido. *Formação da literatura brasileira: momentos decisivos (1750-1880)*. São Paulo: Todavia, 2023.
4 Op. cit., p. 507.

as questões duras de seu tempo histórico, quando o instituto da escravidão seguia vigente, ao mesmo tempo que o verniz católico demandava uma sociedade casta e hipócrita.

Representar a face morta-viva do Brasil Império

O Romantismo no Brasil carregou responsabilidades e expectativas bem diferentes do caso europeu, e os textos de Álvares de Azevedo corporificam esses dilemas. A Independência, em 1822, não apresentou mudança social profunda com o grito em 7 de setembro às margens do Ipiranga; inclusive, sua consolidação não ocorreu em todo o território de uma única vez, nem mesmo de forma pacífica, gerando ondas de convulsão política por diferentes regiões.

Ao mesmo tempo, as questões candentes na Europa, com seus ares de liberdade, igualdade e fraternidade, ecoavam no hálito de artistas por aqui. Foi notória a participação de poetas na Inconfidência Mineira, mas talvez sejam menos mencionadas suas punições: o corpo de Cláudio Manuel da Costa foi encontrado enforcado numa cela, dias antes da Queda da Bastilha francesa em 1789; Tomás Antônio Gonzaga faleceu no degredo em Moçambique. Deste lado do Atlântico, a chegada do Império e a autoritária Constituição de 1824 pareciam cimentar uma continuidade do pacto colonial.

Dessa forma, mais que afirmação nacional ou ainda uma crítica à sociedade industrial burguesa em implantação, as questões brasileiras no Romantismo eram bastante intrincadas. Como imaginar um mundo livre das fábricas da revolução movida a carvão, se ainda o trabalho escravizado movia as engrenagens em *plantations*? Afinal de contas, *o que era o Brasil?*

A verve demoníaca de nosso *enfant terrible*, com sua poética negativa, talvez seja uma engenhosa forma de responder a tudo isso. Ao projetar o indizível, escavando os tabus sociais mais obscuros em noites de lua macilenta, recusa-se a aludir a um passado elogioso mítico ou a criar um futuro brilhante, e oferece-nos somente a noite como eterno presente. Negando-se a costurar de forma mal-ajambrada uma nação ufanista e ensolarada, com suas aves gorjeantes, o autor usa a estética do sombrio para representar o oculto: a face morta-viva da nação.

Apesar de *Noite na taverna* ser efetivamente escrito por um jovem estudante, possivelmente querendo impressionar colegas, com pecados mais sórdidos que os capitais – incesto, necrofilia, canibalismo e assassinato, entre outros –, suas escolhas estéticas estão longe de serem impensadas. Nascido já após a Independência, Álvares de Azevedo percebia com bastante inteligência o panorama literário local, com passagens críticas muito maduras.

Por exemplo, recusava-se a considerar como "nossos antecessores" somente Alvarenga Peixoto, Manuel da Silva Alvarenga e Santa Rita Durão, ampliando suas referências para o além-mar, incluindo Camões e Bocage[5] – Machado de Assis também partilhará com Azevedo, anos depois, a defesa dessa ampliação em suas referências. Em *Noite na taverna*, citam-se filosofias variadas, pedindo quase uma ampliação dos horizontes de quem lê: os narradores mencionam o idealismo, o materialismo, o ateísmo, entre outros sistemas de pensar, como resume Cilaine Alves Cunha: "O único consenso entre eles é o de que a base de todo conhecimento reside no elemento sensível e que, na poesia, assim como no estilo de vida, deve imperar uma atitude que chamam de epicurista, voltada para o culto do prazer"[6].

Em especial, é notório como as ideias de Victor Hugo sobre o sublime e o grotesco ressoam em suas criações: o crítico Luiz Roncari irá dizer que o "Prefácio de *Cromwell*", de Hugo (1827), "repercutiu com a força de um manifesto para a literatura francesa e deve também, junto com

---

5 Luiz Roncari. *Literatura brasileira*. São Paulo: Edusp, 1995.
6 Cilaine Alves Cunha, op. cit., p. 122.

outras influências, ter contribuído para a concepção poética de Álvares de Azevedo"[7]. Afinal, é do jogo de contrastes que a composição de *Noite na taverna* é feita, em grande sintonia com outras histórias de roupagem mais popular, talvez destinadas a um Brasil que ainda iria existir, com um público leitor mais amplo, que tomasse gosto pelo exagero da violência e da febre pela paixão idealizada.

Entrando na taverna: tenebrosos causos de botequim

Na estrutura de *Noite na taverna*, há uma moldura narrativa central, quase um palco, no qual histórias sórdidas de personagens são narradas em uma taverna arquetípica, desafiando-se em uma espécie de contenda para ver quem conta o causo mais chocante. A conversa é regada com paixão

---

[7] Luiz Roncari, op. cit., p. 419.

pela discussão filosófica, muitas vezes não aprofundada. Impossível não relacionar essa vivência a uma conversa de jovens bêbados, querendo provar seus dotes intelectuais numa noite, algo que o autor certamente conheceu bem, metido em repúblicas, moradias coletivas de estudantes, sobre as quais lamentava para sua mãe: "Estou morando na rua da Boa Vista – são dois casebres muito ruins onde estão metidas seis pessoas"[8].

Nessa ambientação, marca-se em definitivo a diferença de tratamento no romantismo de Azevedo, longe das imagens luminosas de Gonçalves Dias e José de Alencar, sendo suas luzes "relâmpago que passa e ri de escárnio às agonias do povo que morre" (p. 11), e o calor tropical, uma marca de morte, com suas "frontes queimadas pelo mormaço do sol da vida" (p. 14). A criação clama por um cenário escuro e claustrofóbico, povoado pelo sonho e pelo mistério, para descermos ao domínio dos pesadelos, com suas nuvens

---

8 Álvares Azevedo, op. cit., p. 825.

sombrias. Conforme sugerem Bruno Matangrano e Enéias Tavares, o Romantismo e o fantástico frequentemente caminham juntos, "seja pelo nascente gosto pelo grotesco, seja pelas criações folhetinescas que flertavam com o horror, seja pela fascinação por um William Shakespeare (1564-1616), em cujas peças é evidente um fantástico *avant la letre*"[9].

Essa moldura narrativa, com histórias dentro de uma história central, remonta a obras clássicas como *Mil e uma noites*, *Decameron*, *Os contos da Cantuária*; mas expressiva é a referência a *Os irmãos Serapião*, de E.T.A. Hoffmann, escritor alemão que cultivou um romantismo gótico (sua obra mais conhecida é *O homem da areia*), cuja obra auxiliou Sigmund Freud em suas teorizações sobre o inconsciente.

Na narrativa de Azevedo, participam da discussão personagens com nomes que sugerem

---

9 Bruno Matangrano e Enéias Tavares. *O fantástico brasileiro: o insólito literário do romantismo ao fantasismo*. Curitiba: Arte & Letra, 2019, p. 29.

nacionalidades alemã, inglesa e italiana, a exemplo de Claudius, Bertram e Gennaro. Nas histórias, há um deslocamento físico inicial imaginário que permite vagar por outros territórios, de navios a capitais europeias, como Roma, Londres e Paris, bem longe da enfadonha cidadezinha do jovem estudante, com suas noites desbotadas de estudo insano. Entre as garrafas de vinho e o fumo que ondula nos cachimbos, os causos são desfiados nas paredes assombradas dessa alegoria da taverna, conduzidos dentro de um marco estético definido, o dos *horrores romantizados*, num segundo deslocamento oferecido pelo texto.

Como propõe a crítica Karin Volobuef, o caráter ficcional da obra estaria não somente na atmosfera onírica da taverna, descrita na narrativa-moldura, mas também nas narrativas internas, pois o texto "carrega em si as pistas de sua própria ficcionalidade"[10], uma vez que os persona-

---

10 Karin Volobuef. *Álvares de Azevedo e a ambiguidade da orgia.* Organon, Porto Alegre, n. 38, 2005, p. 134.

gens aludem a histórias de memórias ou mesmo descritas como "sonhos", como é o caso de Solfieri. Parecem ser todas inventadas e apresentadas num palco, sendo a crueldade mais um efeito estético, uma bravata, ao final, de modo a entreter quem lê com suas extravagâncias. Júlio França e Oscar Nestarez corroboram essa perspectiva, apontando no texto sua originalidade para constituir, no Brasil, "uma prosa ficcional muito mais fundada nos jogos da imaginação do que no desejo obsessivo de representar, direta e fielmente, a realidade nacional"[11]. Ao contrário de um texto de cunho "realista", a quebra da representação mimética permite justamente irmos mais fundo em algumas questões, com suas brechas provocadas por seus deslocamentos – daí o grande interesse, por exemplo, de Sigmund Freud pela obra de E.T.A. Hoffmann, trazendo à tona aspectos sociais que estariam reprimidos ou não

---

11 Júlio França e Oscar Nestarez. *Tênebra: narrativas brasileiras de horror (1839-1899)*. São Paulo: Fósforo, 2022, p. 22.

evidenciados. Ao procurar mostrar que *existe um irrepresentável*, o elemento fantástico entrega-nos vislumbres do oculto socialmente.

Assim, a força do gótico em *Noite na taverna*, com suas convenções e formas de uma poética negativa, conecta a experiência brasileira do Brasil Império a literaturas de outros locais, sobretudo para dizer, por meio da projeção do pesadelo, da falta de lógica e de racionalidade "dos fantasmas de um passado que se recusa a ser passado; desses horrores inomináveis que escondem a cordialidade", conforme o argumento de Júlio França e Oscar Nestarez[12]. A inteligência de nosso escritor de província é ímpar, pois como chocar uma sociedade construída na hipocrisia de bailes, nas confissões carolas de missas e na violência escravagista?

A convenção gótica mais comum é a sombria e constituída a partir de três elementos, segundo França e Nestarez: (1) os *loci horribiles*,

---

12 Op. cit., p. 27.

configuração de um espaço opressivo; (II) a personagem monstruosa e (III) a presença fantasmagórica do passado[13]. Sobre a última, as narrativas góticas europeias buscavam um cenário contestatório à Revolução Industrial, algo que, no Brasil, se complicaria – se o café fluminense aumentou suas exportações entre 1835 e 1850, ainda se usava a arcaica *plantation*, e a sociedade parecia distante da industrialização ou formação de uma ampla classe média. Dessa forma, o deslocamento físico das narrativas de Azevedo para a Europa, incluindo navegações, não seria uma mera busca de lugares mais "ilustrados", mas esconde a fabulação mais profunda sobre as origens do pesadelo real, quando todo tipo de crimes e violências proibitivos na metrópole era cometido no território colonial em prol da acumulação da riqueza daquela mesma metrópole. Afinal, se fosse em território colonial, a bravata não teria graça, pois seria verdade. O deslocamento permite falar de

13 Ibid., p. 14.

horrores sem confrontar o ufanismo brasileiro tão marcante no período. Como diria o materialista Solfieri, "Não é um conto, é uma lembrança do passado" (p. 17).

Inclusive, o tratamento dado às mulheres no texto, retratadas como a alteridade absoluta no olhar patriarcal, também revela muito do que seria uma postura contestatória à época. Em muitos casos, Azevedo trabalha com o estereótipo das mulheres fatais, as quais detêm poderes, cometendo, em muitos casos, assassinatos e vinganças, como aponta o trabalho de Paulo Alex Souza[14]. Se por um lado as mulheres alvacentas não apresentam subjetividade, por outro são monstruosas com sua fúria, vingança e desejo, saindo da postura de inanição. Em outros casos, a narrativa parece querer aniquilar o modelo da casta mulher da nascente burguesia inglesa, professada pelo

---

14 Paulo Alex Souza. *A macabra tríade de* Noite na taverna: *mulher, amor e morte. Fólio*, Vitória da Conquista, n. 13, 2021, pp. 839-859.

escritor Samuel Richardson em *Clarissa*, romance inclusive citado pelo personagem Claudius. Esse tratamento ambíguo entre fera e anjo termina por gerar o efeito romântico mais conhecido, uma paisagem emocional contraditória e irracional, *ultrarromântica*, procurando ferir os caminhos da religião e rasgar a instituição do casamento, organizador da propriedade privada e da moral.

Essa particularidade do texto, com seu caráter soturno, chocante e sensacionalista, termina por mantê-lo tão vivo quanto terrível até hoje. Com certeza as inúmeras adaptações contemporâneas da obra se devem a essa verve. *Noite na taverna* traz histórias que causam arrepios e horror, colocando em xeque os limites éticos, inclusive, de quem as lê.

ANA RÜSCHE é escritora. Doutora em letras, realiza pesquisa de pós-doutorado no Departamento de Teoria Literária e Literatura Comparada na Universidade de São Paulo (FFLCH-USP).

preparação Ana Lima Cecilio
revisão Ricardo Jensen de Oliveira, Huendel Viana
e Tamara Sender
projeto gráfico Sílvia Nastari

diretor-executivo Fabiano Curi

editorial
Graziella Beting (diretora editorial)
Livia Deorsola (editora)
Laura Lotufo (editora de arte)
Kaio Cassio (editor-assistente)
Gabrielly Saraiva (assistente editorial/direitos autorais)
Lilia Góes (produtora gráfica)

relações institucionais e imprensa Clara Dias
comunicação Ronaldo Vitor
comercial Fábio Igaki
administrativo Lilian Périgo
expedição Nelson Figueiredo
divulgação/livrarias e escolas Rosália Meirelles

CAR
AMB
AIA

EDITORA CARAMBAIA
Av. São Luís, 86, cj. 182
01046-000 São Paulo SP
contato@carambaia.com.br
www.carambaia.com.br

© Editora Carambaia, 2023

EDIÇÃO ORIGINAL
Rio de Janeiro, 1855

CRÉDITO DAS IMAGENS
Acervo pessoal, Istock / Hein Nouwens, ilbusca, Vladayoung,
Vadim Ezhov (capa); Istock / Vadim Ezhov (p. 168)

CIP-BRASIL. CATALOGAÇÃO NA PUBLICAÇÃO
SINDICATO NACIONAL DOS EDITORES DE LIVROS, RJ

A986n
Azevedo, Álvares de, 1831-1852
Noite na taverna / Álvares de Azevedo sob
pseudônimo de Job Stern; posfácio Ana Rüsche.
1. ed. – São Paulo: Carambaia, 2023.
168 p.; 18 × 12 cm.

ISBN 978-65-5461-048-3

1. Ficção brasileira. I. Stern, Job. II. Rüsche, Ana. III. Título.

23-86841   CDD: 869.3   CDU: 82-3(81)
Gabriela Faray Ferreira Lopes – Bibliotecária CRB-7/6643

→ O projeto gráfico deste livro teve como ponto de partida o estilo gótico da narrativa de Álvares de Azevedo, que nos apresenta contos sombrios, tétricos e ao mesmo tempo alucinantes e vertiginosos. A capa foi projetada com tipos móveis originais do século XIX. São letras ornamentadas, com terminações em orbitais, estabelecendo um paralelo gráfico com a cadência dos contos narrados pelos personagens masculinos em estado de embriaguez. Desenhada pelo berlinense Hermann Ihlenburg, no século XIX, a família tipográfica Houghton consta de um dos catálogos de tipos mais antigos encontrados no Brasil, o da Fundição de Typos Henrique Rosa. Essa fundidora atuou entre o final do século XIX e início do XX no Rio de Janeiro, mesmo período em que Álvares de Azevedo escreveu *Noite na taverna*.

Os textos de destaque do livro – títulos, aberturas e capitulares – estão na fonte Edison Swirl SG, que é uma versão digital da tipografia Houghton. O texto principal foi composto com a família tipográfica Adobe Jenson Pro, de Robert Slimbach (1996), versão contemporânea dos tipos desenhados por Nicholas Jenson no século xv.

A arte da capa – composta com desenhos reproduzidos de manuais antigos –, o formato do livro e sua diagramação têm como referência as edições publicadas pelas *private presses* (gráficas particulares) da Inglaterra do século xix, em específico o trabalho gráfico feito por William Morris (1834-1896), que recuperou o estilo dos livros incunabulares e o uso de grandes capitulares nas aberturas dos textos.

O livro foi impresso no papel Pólen Bold 70 g/m² na Geográfica, em novembro de 2023.

Este exemplar é o de número

0698

de uma tiragem de 1.000 cópias